给我们的孩子,

为了孩子们的孩子……

悲欢将尽,唯爱永恒

黑玛亚 著

中国青年出版社

目录

001_ 自序　给我们的孩子，为了孩子们的孩子……

假如旅程来临

007_ 假如旅程来临
015_ 恨我，爱我，这是我的名字
027_ 做妈妈就是妈妈
035_ 彼得后悔了
043_ 科扎克医生
051_ "不，我想问你！"
061_ To teach is to touch a life forever

放下举不起的梦想

073_ 乐队往东，巴特往西
081_ 放下举不起的梦想
089_ 完整的约束
095_ 找回遗失的美好
103_ 艾玛是怎么病的

111 _ 你是我所有的色彩

119 _ 托马斯·温特伯格要你哭时你就哭了

129 _ 儿子的心

135 _ 请在灵魂苏醒之后再吻我

137 _ 她所完成的看见

145 _ 人生无常，但有爱蔓延……

151 _ 请在灵魂苏醒之后再吻我

163 _ 喝咖啡的权利

169 _ 影响我生命的一小时五十五分五十八秒

177 _ 团圆，与你的人生

179 _ 戴珍珠项链的格鲁维尔小姐

189 _ 因为枪声太近

197 _ 让我们都住这村里吧

205 _ 这是谁的哀歌

213 _ 妈妈，请别这么快失望好吗？

223 _ 让我们都站到特雷弗的窗前来

229 _ 团圆，与你的人生

237 _ 夺冠记忆

245 _ 别停，别快进，Just go!

自序
给我们的孩子,为了孩子们的孩子……

完成这本书的最后二十天是异常沉重的,但我却分明记得其中的某天有一件开心的事,也许那是二十天里仅有的开心,清新得使我暗自思索:为什么?

事情是这样,那天我发现达西有了新造型,香喷喷地看着我,摇着几厘米的短尾巴,理科生告诉我达西的造型来自儿子的中学同学R的女朋友开的宠物店。于是,我就莫名地开心起来,视线追随着达西,发自内心地高兴……

公司附近的宠物店已经为达西服务了三年,店里的女孩很爱达西。不过,儿子的同学R恋爱了,他的女朋友准备开宠物店,主要服务对象虽然是猫咪,但儿子仍希望达西能去那边支持一下,我和理科生很默契地同意了。儿子为R女朋友的宠物店开张送了花,我们为达西在店里开了卡……我回想自己盯着达西的新造型看时的好情绪,剖析了一番自己的心态:我的开心应该是来自孩子们的长大成人——R有了女朋友、女朋友在创业、儿子支持着自己好朋友的爱情生活。这一连串事件使我浮想联翩,下意识地被暗示出一个令人欣慰的、友爱、温情、动物与人都过得好的未来场景……当然，在这之前，儿子已多次和我分享过R有点曲折的爱情故事。能够看到故事发展得越来越好，并且借由达西真实地呈现在我眼前，这拐弯抹角地成了我愉悦的依据，何况，达西的造型并没有弄得像只猫……R是个好男生，黝黑高大憨直，父母是东北人，从读中学到现在，工作忙了，每次来家里还是那么认真地和我打招呼，就像读书的时候，有点害羞。有时儿子会突然在夜里跑出去吃夜宵，简单告诉我是R或者T找他。那个T也是个好孩子，也在恋爱……我回忆了一下，儿子去吃夜宵时我好像也很开心。我敢肯定，这种种没来由的高兴，都因为在我的内心世界里，有一个关于未来、关于孩子们的美好剧本。一直，不管谁家的孩子毕业了、工作了、恋爱了、结婚了，我都会高兴，仿佛美妙的未来正如春风扑面而来……正是这份对未来的盼望，使我在审视昔日时，祈祷从前所有的黑暗与不幸，一丁点儿都不要让我们的孩子再次经历。

黑格尔曾说："历史给我们的教训是，人们从来都不知道吸取历史的教训。"

没有什么形式，比电影更能展示切身的教训；没有什么形式，比电影更直接地揭示关于人生的身心创痛；没有什么形式，比电影更准确地浓缩出一个人的悲剧常常是一个时代的悲剧。我再次选择用电影来思想人生与历史、生命与未来，因为电影既有剪辑时空的强大优势，也有穿透宏观与微观的交叉视角。我对这个切入点的选择基于两点——我是一个合格的影迷，我有一颗为母之心。我写，站在所有为母者的立场，也为了所有的孩子。

这十年，写作对我来说越来越不容易，越来越像跟自己过不去的那件事，我必须承认这件事不再属于我。其实，它从来就不属于我……这种觉察，在写这本《悲欢将尽，唯爱永恒》时已经特别清晰。

在 2020 年春天的时候，我就得到这个书名。我说"得到"，因为不是我想出来的，我就是得到了它，在某个时刻，我得到并知道我必须写。

在这二十天里我只出过一次门，是为了关于孩子们的一个"生命课堂"；只有两次我把纱窗打开朝楼下看，因为那两天下了大雨，我喜欢在雨天打开窗看外面，雨水让我感到舒畅……外面茂盛的榕树微微地向我摇过来，我就像被自己关闭起来的人，如果我不把自己知道的写完，我就不能出去。

我差不多是在黄昏时开始写。这之前，都在为写作做准备。我喜欢沐浴之后，换上干净衬衫，带着一种清爽的疲惫开始——好像没有别的方式，只能以一种别无选择的心情开始。

每次打开台灯，我都希望对得起自己在白天看完的电影，我为它们做了两套笔记。一套是观影时的笔记，字迹潦草，颜色交替，为了不打断观影的情绪，我会在看完一小节时才按暂停，记下笔记，或者倒回去再看一次，或再看一次……另一套笔记是写作笔记，我记录在写作中对电影的新收获，它们没办法挤进影评中，但对我的内心却极其重要。

这些日子，我好像穿越了半个多世纪，经历了纷飞的战火和沧桑的国土，还有一段又一段血泪交融的历史。

每次打开台灯，我都希望对得起电影里死去的那些人，他们就像我的亲人一样令我伤心、痛苦。

每次打开台灯，支持我继续面对内心痛楚的是电影里所有的孩子，以及电影外所有的孩子；是逝去的世代，以及未来的世代。

每次打开台灯，我都会再一次感到自己的渺小，同时，也再一次被伟大的正直和良善感动……当我能诉说它们、颂扬它们，我的渺小也就有了渺小的意义；正如我能为儿子同学的女朋友做点什么，即使微不足道，也是在祝福孩子们的未来……易卜生说："每个人对于他所属的社会都负有责任，那个社会的弊端他也有一份。"没有人是局外人。

每次打开台灯，我都坚信这一切是有意义的。我坚信结局美好，因为我坚信一切美善的力量。

当我修补完所有的稿子，我发现自己是如此的沧桑，我心里装满了让我哭泣过的孩子和岁月。这是让我流泪最多的一次写作，如果我告诉你这是用眼泪写出来的，我并不是在使用夸张的修辞手法。但我也想告诉你，所有的眼泪都是值得的，只要它们可以成为未来的祝福，我将继续流泪哭泣……我将把这一切献给我们的孩子们，以及他们的孩子，孩子们的孩子……

2020 年 12 月 7 日

假如旅程来临

假如
旅程来临

假如旅程来临

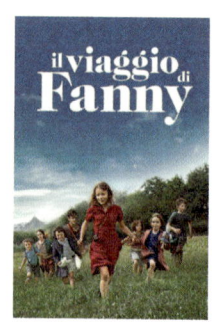

《芬妮的旅程》
导演：萝拉·多尔伦
编剧：芬妮·班·艾米/萝拉·多尔伦/安妮·佩尔埃涅
主演：莱奥尼·西索德/芳汀·阿杜安/朱莉安娜·勒普罗/赖恩·布罗迪/安妮·梅林格
类型：剧情/战争
制片国家/地区：法国/比利时
语言：法语
上映日期：2016
片长：94分钟

"'二战'期间，许多在法国的犹太父母为了让孩子免受威胁，把孩子托付给各种组织。"影片开头，黑底白字交代芬妮的生命背景，她是 1938—1944 年中数千名因儿童救助组织获救的儿童之一。两行简洁的文字，每次断句，都加重了隐藏其后的煎熬和分量……此类题材的影片里，《芬妮的旅程》在爆发出惊人勇气的同时，那令人心疼的童真，透过芬妮的视线，使人于历史审视的窒息中，能清新地喘息片刻。

阳光灿烂的庭院，许多孩子都穿着绿色夏装，苦艾酒绿，盎然，又不安。《芬妮的旅程》的服装设计很精巧，服饰不仅有传神的时代感，人物形象无论大小、主次都到了位，营造着乱世支离破碎的优渥……尤其芬妮的发型，好多次我都想伸手为她整理一下额前的乱发……一切，都渲染出一群好

家庭的孩子失去父母后的辛酸。影片的细节设计也同样精巧，孩子们在室内表演木偶戏，"狼来了，快跑、快跑……"的欢乐声此起彼伏，镜头无声地推向窗外——善良人来通风报信，让孩子们快跑……逃命的汽车后窗，天真的小男孩向路旁的告密者挥手再见……新居所里的动物标本，似乎预示着孩子们仍旧是恶者搜捕的猎物……童稚的内心世界和残酷的现实交替呈现出各自的本质——孩子的天真不可磨灭，但仍有人被扭曲的"真理"和自保的私欲驱使，将自己的心陷于险恶。除了身穿圣服的神父、修女，还有怀抱婴孩的母亲，都被恶者所用。在荒谬的时代最容易丢失的竟是善良……

九个手无寸铁的孩子，要完成抵达瑞士的旅程，似乎步步可危，然而，旅程毫无防备地开始了。

"那么多人，为何选我？"芬妮问。因为弗曼女士要将孩子

们都托付给芬妮,让大家都听从她。

"戴安是哑的,维克多不够勇敢,你很坚定。"弗曼女士说。

"你从没有害怕过吗?"火车已经开动,芬妮站在车窗旁问了弗曼女士最后一个问题。

"如果怕,就装不怕。装,为了他们。"弗曼女士就这样用仓促的几分钟完成了对芬妮的成长教育。她没有再出现,但影片的开头和结尾都致敬了这位虚构的女士,因为她是千万个牺牲性命保护犹太人的形象代表……弗曼女士看起来很严厉,她责令芬妮的妹妹不可以和姐姐同床——"必须学会独立"。然后拉灭电灯,使房间一片漆黑……深更半夜,她把孩子们摇醒,抽查他们是否记住了化名。这些狠心训练的背后是对孩子生命的爱惜和掩

护。她的眼光厉害,选择芬妮做头雁,是对的……

芬妮的话不多,她总是在观察和思考,因为父母把妹妹艾丽卡和乔吉特交给她照顾,她很早就被赋予了责任心,这使得她不自私。对父母爱的记忆,更使她带着爱担起责任,最可贵的是她行事坚定。

美食当前,只有芬妮察觉事态有疑,带着伙伴们逃离陷阱;疲惫干渴时,只有芬妮听到了溪水声;追兵临到时,芬妮带大家爬到了树上,因为她从前常在树上给母亲写信,观察人群;小伙伴病了,她冒险进村求助,还不忘交代后事……保证芬妮果敢坚定、方向正确的,是她的不自私。自私是一条死路,舍己才是活路。

持守责任,磨塑出芬妮的勇敢,在残忍的时代面前,勇敢呈现出它极大的美德。九个孩子最后全部抵达瑞士,芬妮的勇敢功不可没……

什么是芬妮的勇敢?我看到的是:接受现实并敢于改变现实。

当孩子们确信弗曼女士不再出现时,芬妮坚定地继续向前走;当维克多与孩子们不和时,尽管还跟他打了一架,芬妮却能主动和好。她握住维克多的手,安慰他,与他一起哭泣。这种勇于和睦不仅使自己有了得力的助手,还因维克多父亲留给他的钱使大家得到了如何抵达瑞士的知识和路径……

当她在极度惊吓后的沮丧挫败中发现伊力托她带去瑞士的信件只是一张白纸时,面对注视她的小伙伴和走投无路的明天,芬妮念出了想象中的鼓励和祝福……芬妮的勇敢,使她没有被恐惧

吞灭。人人都会有感到恐惧的时候，如何反应，决定了勇气是否诞生！

当举枪的德国士兵瞄准无人区里落跑的小瑞秋，芬妮毫不犹豫地跑回无人区，在枪声中背起掉队的瑞秋奔进瑞士的边境线；伊力的白信纸也神奇地一起飘到了瑞士，真是大获全胜的旅程……我不禁思索，若有什么旅程突如其来，不得不上路，我所认识或不认识的孩子们都准备好了吗？有些旅程，不是仅有聪明和资材能完成的，何况，现在的孩子都不缺乏聪明……

太聪明的孩子，所需的不再是赞扬。要交给他责任，教给他谦卑，一定要让他明白过人的聪明不是为己所用的，这样才不会出现"聪明反被聪明误"。芬妮的故事值得讲给聪明的孩子听……

假如我们无法保证孩子们能永远生活在平静安宁的环境里，那么我们是否应该提前训练孩子的内在生命？好品德，才是他们的未来最急需的行李；好性情，才是他们有力的傍身之物！

我们看到维克多有金钱傍身，但对现状的仇视和惴惴不安使他疏离于群体，如果他一直不能获得和睦的同伴，也许他无法抵达瑞士。他需要大家的智慧，谁不需要呢？维克多的财富第一次为他带来快乐，竟是人人手里都握住他的金钱的时候。可爱的乔吉特说："我们可以玩大富翁游戏啦……"

九个孩子里，有几个都是乔吉特般的柔弱无助，然而他们并没有成为同伴的负担，他们的柔顺成全了自己，也成全了他人，对柔弱者的保护包容使柔弱的孩子变得成熟有力……在孩子幼小时，教导他们柔顺，是有福的。柔顺，也是对集体的贡献……

无畏的孩子，则更需要顺服，比如莫里斯。他敢于抢走警察关押孩子们的钥匙，敢于直面警察的手枪，但他对芬妮很顺服，对集体很顺服，所以他的无畏使集体有了突破，集体也被他的无

延伸推荐：
《一袋弹子》
《回到藏身之处》

畏精神所支持。顺服，是对同行最大的助益……

也许，正因为是孩子，这个旅程成功了；也许，这原本险恶的旅程，被孩子们组合而成的美好和奇遇化解了，我们该将"影片改编自芬妮·本雅明的真实故事"这句话读到心里去……假如旅程来临，"女孩女孩，我想问问你，什么不用浇灌也能长大，什么可以永不熄灭燃烧数年，什么可以盼望哭泣却无眼泪……"

让我们回转，成为孩子；让我们保守己心，不丧失良知、勇气和纯真……

人生是一个旅程，要确保能抵达目的地！

玛亚的深思

1
为人父母不可能照顾孩子一辈子，如果孩子现在离开我，我能放心吗？

2
如何让孩子从小就学习生命常识、生活能力、勇气教育、人际关系等生存知识？

3
我是否愿意在培养孩子时，能有更深远的目光，而不只是定睛于当下的学业？

恨我，爱我，
这是我的名字

恨我，爱我，这是我的名字

《流浪的尤莱克》
导演：佩波·丹科瓦特
编剧：亨里希·哈丁
主演：赖纳·博克/詹妮特·海因/塞巴斯蒂安·胡克
类型：剧情
制片国家/地区：德国
语言：波兰语
上映日期：2013
片长：112分钟

《流浪的尤莱克》里并没有描写玛达是怎样把8岁的尤莱克抱进自己家的。尤莱克还来不及敲门就晕过去了，倒在玛达家外，当他醒来已经是三天之后了……尤莱克醒来时发现自己身穿睡衣，就是说已经有人看到他的身体了，那个有犹太标志的身体。

玛达是影片里唯一主动收留尤莱克的人，她只是看到了尤莱克……整个故事难道不是在述说人们怎么看尤莱克吗——人们怎么看待这个柔弱可怜的八岁生命，成为尤莱克从1942年到1945年所经历的人生。

来玛达家之前，尤莱克的父亲用生命换来了儿子的流浪。父亲说："你一定要活下去……"在纳粹的枪口越逼越近的最后几分钟，藏身桥洞下的父子俩完成了生离死别——"换名字别让人知道你的身份，如果狼狗追你就躲在水里，可以忘记爸妈但永远不能忘记你是犹太人……"这是尤莱克的父亲留给儿子的生存法则。

1942年的波兰,有多少犹太孩子就这样与父母永别,开始了求生之旅呢?因为尤莱克的逃生之旅是从与其他犹太流浪儿相遇开始的,他从另外六个孩子身上学到了什么是游击队、如何去农场偷东西、如何烤鸡以及不能在别的种族面前脱裤子[注]……那短暂的集体生活,交代了尤莱克像白纸一样天真的底色,但猎杀犹太人的枪声驱散了小伙伴们……尤莱克喊着伙伴们的名字,森林里只剩下他,那个黝黑的夜晚,本该在母亲的亲吻下安睡的男孩,坐在树上嘤嘤哭泣……

我想起儿子出门旅行前,一定会让我去他房间,让我看他带

的衣服对不对。他总会为了带几条裤子纠结，我则趁机把自己认为必备的营养品塞进他的箱子，唯恐儿子在外面营养不能均衡……玛达看到尤莱克时，是不是也想起了自己参加游击队的儿子？我敢肯定的是，爱儿子的玛达，一眼就认出尤莱克也是一个儿子，也是一个母亲的儿子，一个孩子……

那位有两个儿子和一匹白马的农夫，也看到了尤莱克是个儿子。当尤莱克用玛达教他的问候语叩响白马农夫的家门时，开门的他好像没睡醒一样迟疑地看着尤莱克。他没有使用人的精明，而是下意识地接受了尤莱克，示意他进去，关门之前他张望了一下。那个年代，并没有人际关系的自由。接待陌生人，意味着危险，哪怕只是个孩子。但这个农夫没有抹杀自己的怜悯心，让尤莱克以波兰孤儿朱莱克·斯坦克的身份住了下来。白马农夫的家风淳朴，他太太很可怜尤莱克，他们的两个儿子和父母一样用最朴素的善心接纳了尤莱克，尤莱克成为他俩的好朋友，他殷勤地帮白马农夫干活，包括杀猪……就这样，尤莱克挨过了逃生中的第二个严冬，白马农夫的一家已经完全接纳了他，甚至准许他喂养捡来的伤狗，这使尤莱克放松了警惕，跟小伙伴们游戏时太投入——他实在只是个孩子，忘情地脱下了裤子……同村的少年扬言要告诉盖世太保，尤莱克只能与白马农夫一家告别。他依依不舍地向他们挥手，白马农夫对尤莱克说："祝你好运，孩子。"然后担忧地看着尤莱克的背影："你需要好运。"他朴素的善心在那艰难的世道里显得那么美好、宝贵。

离开白马农夫一家的尤莱克显得特别孤单，幸好身边还有他的狗阿泽，他们相依为命地流浪着，但阿泽很快就被游击队一枪击毙了……年轻的游击队员怜悯地看着抱着狗哀痛的尤莱克，把自己的食物留给他作为致歉和安慰。临走时他看着尤莱克的脚说："我以前也有一双这样的鞋。"那是玛达送给尤莱克的圣诞礼物，是她儿子小时候穿的。无疑，年轻的游击队员就是那双鞋原来的主人，因为他和自己的母亲太相似了，对人都有发自内心的怜悯和爱……尤莱克一边哭泣，一边埋葬阿泽，这是他在森林里第二次因落单而哭泣，尤莱克握着那蚀骨的孤独，仰天祈愿。

如果相逢于天地之间的陌生人都像玛达和白马农夫多好……

孤零零的尤莱克终于又遇到了一对主动招呼他的农民夫妇，他们说要让看起来很饿的尤莱克吃上饭，尤莱克在他们的马车上睡着了，醒来发现他已被交到纳粹手里……不甘被擒的尤莱克从纳粹军官的手里逃脱了，他用上了父亲临终前的生存法则——浸在水里，躲过了一劫。在逃命之前他在地上看到了森林里的小伙伴的折刀，那遗物使他本能地逃离死地……尤莱克又逃进了森林，在那里遇到了一个正在烤鸡的少年。少年给他吃了鸡肉，但说好次日就各奔东西："我不想让任何人拖累我。"尤莱克的答复是："你从哪里拿到的鸡？"尤莱克不再为孤独伤心了，逃出纳粹的魔掌后，他活下去的信心和决心也更大了。

想去偷鸡的尤莱克，遇到了帕维尔的目光……尤莱克认识这种目光，像白马农夫那样，虽然想不明白世上为何会有这么无助的流浪孩子，但是在还没想明白时，怜悯就生发出来，良知未死自然流淌。只是，帕维尔更年轻，像泥土一样朴实的善良让他对尤莱克充满了保护欲。戏剧化的是帕维尔女主人的情人正是下令追捕尤莱克的纳粹军官，可是他把尤莱克当礼物送给了农场主赫曼夫人，仿佛白马农夫为尤莱克期望的好运覆盖在尤莱克身上……但好运却无法为失去父母才一年的孩子抵挡所有的危险，尤莱克想要挽救白马农夫给他的布包，手被卷入了机器。

赫曼夫人开车送尤莱克去医院，她脸上的焦急和担心让她充满了女人味。赫曼夫人，让人很难讨厌她……她为尤莱克付了手术费，可是年轻有为的医生却拒绝为犹太孩子动手术，失去了为尤莱克救回右手的时机。好心的护士在镇痛剂短缺的情况下仍旧悄悄为尤莱克打针止痛。次日一位老医生发现了尤莱克，对不肯为孩子手术的行为愤怒至极，他亲自为尤莱克做手术，不仅保住了他的命，还为他安排了复健。尤莱克接受了失去右手的事实，再次活了下来，但他始终活在生与死的边缘，因为世界握在恶者的手中，好人只能做贼一样地爱尤莱克，坏人却可以理直气壮地害他。帕维尔按照赫曼夫人的吩咐来医院催促尤莱克逃命，因为年轻的医生向盖世太保告了密……帕维尔把尤莱克送上一叶小舟，嘱咐船夫将他送到远处。临别前，尤莱克伸出了左手与帕维尔相握，那是接纳他、抱着他去医院的手，现在，尤莱克又要离别愿意爱他的人了,但他的神情坚强。帕维尔动情地说:"你是我见过的最勇敢的人。"他目送着尤莱克远去。岸边的帕维尔有种让人不舍的温暖,尤莱克还能遇见这么好的人吗……

船上的尤莱克从赫曼夫人给他的行囊里拿出一个苹果,递给了老船夫。老人说:"你们什么时候变得这么慷慨了?你确定你是犹太人吗?给自己留着吧,你不知会遇到什么。"善良的老人,心里的偏见未让他行恶,但不是每个老人都有这份宽广和好心……

只剩下一只手的尤莱克想继续敲门打工糊口,连续三扇门打开后都对他关上了。毫不犹豫关上门的都是老人,其中一个还发出令人刺耳的大笑,似乎在说:"你骗谁呀,你怎么可能骗得了我!"智商,有时多么冷酷,尤其当它自以为被熟练地使用了一辈子之后。

走投无路的尤莱克发现自己又走到了玛达家。玛达对尤莱克的爱是没来由的,为了保护尤莱克,她的房子被烧光了,她含着泪说:"我没有东西能给你了,请你原谅我。"这是一个母亲的爱,不需要理由,只想爱;这真爱,充满了舍己……她也给了尤莱克临别的生存法则:"别回森林,纳粹会在那里等你;朝东边走;走不动时找个农庄干活,但不能待太久……"尤莱克按照玛达教他的法则熬过了又一个严冬,白马农夫祝福他的好运一直伴随着他,他遇到的人都相信了玛达用波兰人的心态为尤莱克编造的朱莱克·斯坦克的孤儿故事。经过一遍遍演练,他甚至发展出生动离奇的细节……稚嫩的尤莱克在逃生中适应了孤独,他甚至会在独处时,看着天空的大雁微笑,他的坚强让人欣慰也让人酸楚。

可爱的阿琳娜一家是尤莱克流浪生活的最后一站,阿琳娜的父亲是个憨实的铁匠,他不嫌弃只有一只手的尤莱克,当他被尤莱克"玛达式"的问候语问候时,便接纳了女儿力荐的男孩。尤莱克勤快、机灵、懂事,当阿琳娜拿东西给他吃,他会先看着铁匠,被点头允许了才吃。他竭力做个有家教的好孩子,他不是假装,而是努力地想要赢得生存。当环境越来越接纳他,铁匠夫妻看着尤莱克的眼神也越来越洋溢出喜乐……对他人行善,能让人发自内心地快乐。尤莱克的好运在阿琳娜家停留得最久,一直延续到"二战"结束。

铁匠一家不知道有个满腹疑云的人在背后盯着尤莱克,他的目光阴沉,难以捉摸。他虽然没有向盖世太保告密,却在战争结束后让华沙犹太人孤儿院来接走尤莱克,无论如何他不接受犹太人……

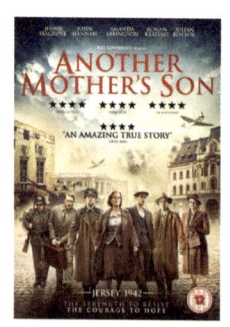
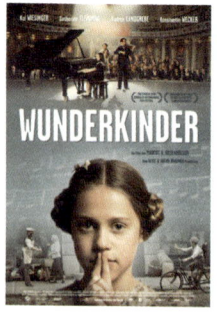

延伸推荐:
《他人之子》
《神童》

那是痛苦的时刻。正在搭建树屋的尤莱克，显然已经被铁匠全家接纳了，但突然冒出一个男人摩斯切·弗兰奇对他说："你不用再躲藏了，不用生活在恐惧中，是时候和我们回到你应属的地方了……"但尤莱克拒绝承认自己是犹太人，他从摩斯切的车上逃跑，他对摩斯切说："我被枪打了无数次，被狼狗追过，我住的房子被烧过，你最好放我走，我不会被你锁住的。"摩斯切欣赏地看着尤莱克："我们需要你这样的人，你的人民、以色列的孩子需要你……你想自己做决定，我很欣赏这一点，我只是想让你看看我们认为正确的道路，为了我们，为了我们饱受苦痛的民族。而你想不想走这条路，是你的选择。"尤莱克冷静了下来，跟着摩斯切回到了爸妈的家乡。空无一人的家让他失声痛哭，跟父亲生离死别的一幕再次浮现出来——"忘记你的名字，忘记我和妈妈，但永远要记住你是犹太人……"父亲要尤莱克记住的生存法则里最重要的那一条，让尤莱克选择了跟摩斯切去犹太人孤儿院……他相信他的父亲，那位用生命换来他的逃亡的父亲，要他记住的一定是对的。

尤莱克终于可以不活在用以求生的假名中了——朱莱克·斯坦克将永远留在1942—1945年的那段岁月里。朱莱克是从前经常欺负尤莱克的一个男孩，每当他被欺负之后，糖果店的斯坦克夫人就会给他一颗糖。他就是这么记住了自己的假名，那是恨他和爱他的人组合而成的名字，正如恨他和爱他的人架构了他的逃亡。

我特别感谢影片的结尾,尤莱克的流浪故事太需要这个结尾来抚慰我泪迹斑斑的心脏……现实中的尤莱克在以色列的海滩上,已是心宽体胖的犹太老人,尤莱克1962年回到了以色列,在那里遇到了姐姐,也遇到了一见钟情的妻子,生了两个孩子,有了六个孙子。他在海滩上看孙子们踢球,他的姐姐和妻子坐在一起聊天,海风阵阵,他们的头发自由地飘荡……我仿佛听到尤莱克的父亲说:"你一定要活下去。"我相信他在天堂满足地笑了。

注:犹太孩子出生后第八天都会行割礼,脱裤子就会暴露身份。

玛亚的深思

1
如果我是尤莱克的妈妈玛达,会有怎样的感受……

2
我愿意抛开偏见和成见,善待一个需要帮助的孩子吗?

3
如果要向孩子交代三件最重要的人生法则,要说些什么呢?

做妈妈就是妈妈

做妈妈
就是妈妈

《我的妈妈》
导演：克劳斯·哈洛
编剧：吉米·卡尔森 / Kirsi Vikman
主演：Topi Majaniemi / 玛丽亚·朗德奎斯特 / 玛拉雅娜·迈雅拉 / 迈克尔·恩奎斯特 / 艾斯可·萨尔米宁
类型：剧情
制片国家 / 地区：芬兰 / 瑞典
语言：芬兰语 / 瑞典语
上映日期：2005
片长：111 分钟
又名：战场上的小人球

本来，标题是《做好妈妈就是妈妈》，但是我把"好"字去掉了，我发觉孩子的要求其实很低微，只要妈妈别抛弃自己，让孩子始终确信你是他妈妈，你爱他不是三心二意的，他就满足了。

《我的妈妈》让我了解到很少被提及的苏芬战役，因为艾罗，有关那段历史的长篇大论让我愤慨，也让我无语悲伤，正像艾罗在片首的发问："妈妈，这一切是怎么发生的？"

九岁的艾罗在洁白的雪地里茫然仰望着空中的战机，直到炸弹响起，才惊惶跑开……人类世界的罪恶，又一次残酷地降临到无力招架的孩子身上。

"二战"期间，当苏芬对战时，芬兰为了保护战争中的儿童，把他们送去中立国，其中有七千芬兰儿童被送往瑞典，艾罗是其中一个。

艾罗天性驯良，非常爱自己的

父母，舞会里相拥的父母使他目不转睛、心满意足。他幸福的笑脸让人觉得很不安，作为一位老练的观众，我觉得糟糕的事马上就要来了……当美酒、音乐、父母起舞的美满场景是透过孩子的视角展现时，往往接下来就会是家破人亡的剧情。世界无法安宁，因为此时它被握在恶者的手中。果真，艾罗的爸爸要上战场了，他许诺很快就会再和艾罗在一起……艾罗仍心满意足，殷勤地为妈妈干活，一起等待着爸爸。可是，爸爸很快就阵亡了。

妈妈一蹶不振，完全瘫痪。艾罗勇敢地照顾着心如死灰的妈妈，那是爸爸临行前的嘱托，看起来，妈妈比艾罗更需要被送去中立国，但被送走的是艾罗……上船之前，看着哭泣喊叫的其他孩子，艾罗没有哭，他总是在看、在想、在分析，这样的孩子受伤会更深。

"我不想去。"艾罗清楚地再次向妈妈表态。

"你就把它当一次度假吧，我们很快就会在一起。"妈妈蹩脚地承诺。没有了魁梧的爸爸，艾罗漂亮的妈妈变得恍惚无助。

"爸爸也是这么说的。"艾罗说，可惜妈妈没有听出儿子的伤心和不安。

艾罗的爸爸从前带他一起修房子。家，是他情感深处最安全、最依恋的地方。艾罗并不惧怕战争，他惧怕未知，但是战争不由分说地将他带去别国他乡。

芬兰的孩子们被送到瑞典的儿童之家，许多孩子被瑞典家庭带走了，尽管艾罗并不期望如此，他还是被送到了一个农庄。可是，一头金发、长得健康端正、有礼貌的艾罗让农场主的妻子辛格大失所望，当场拂袖而去……她想要一个女孩，取代溺死的女儿的位置。"我不能给一个我不想要的孩子做一个好妈妈。"辛格这样对丈夫说。

艾罗身上有被爸爸培养过的气息，农场主喜欢上了这个小男子汉，他把艾罗带进家门说："我们家有一个收音机、一个闹钟、一个爷爷。"爷爷中风了，晚餐的面包烤得很香，还有一大碗黄油……只是辛格怒气冲冲。但是艾罗的表现堪称镇定，又或者，这是他从自己的妈妈身上锻炼出来的无奈。

这个时期的辛格和艾罗妈妈很相似，集中表现出了天下妈妈最差的形象，虽然她们性情不同，但都是以自我为中心的思考方式来对待孩子——我想要的、我想这样、我没办法、我不能够……我我我我我！因为她们的自我，她们失去了享受艾罗这个儿子

的许多好光阴。辛格只需要愿意接纳，艾罗妈妈只需要倾听……但是她们只顾想自己的心事，只顾沉浸在自己的心绪和软弱里，使劲地只想让一切好起来，照着她们认为好的标准。只有她们想要的都到位了，一切好起来了，才有理由来做艾罗的妈妈。似乎孩子是个收藏品，要心情好时才拿出来把玩。

艾罗坐在海边，看着一望无际的大海，思念着彼岸的妈妈……瑞典的农村很美、很静，但艾罗的心却一直安不下来，他在等待妈妈的信件和承受辛格的抵触中度日。他的新伙伴弗斯说："我们对你这么好，你却又生气又无聊……"弗斯为了挑起艾罗的兴致，带他闯入了辛格亡女的房间，结果被辛格扇了一耳光……无辜的艾罗边跑边回忆往事，在芬兰时因自己用扫把赶逐劝他去瑞典的女人，曾被掌掴，但他的妈妈立刻掌掴了对方……这一组镜头让人无比心酸，一个挨打的孩子想起了妈妈对自己的保护……这一组镜头也让人悲哀，真希望在糟糕的命运面前，女人们能彼此慰藉、彼此安慰，不幸和死亡的打击已经如此之大，抱头痛哭的同情一定能好过彼此掌掴。分担重担，人才能重新振作。继续去爱，任何一个人都可以被我们爱，我们也会感受被爱……何况是艾罗这么好的孩子！

差劲的母爱，也还是有爱；辛格打过艾罗之后，开始回转，也许是自己最坏的表现使自己醒悟，也许是洗手盆里艾罗的小手触动了她……她带着艾罗来到女儿的墓地，坦承她的怨气和悔恨。她在女儿的墓地上接受了艾罗，顺服了命运……当她下决心接纳艾罗之后，她的母爱毫不费劲地倾倒在了艾罗身上，她爱得那么专注、细致、热情："我会尽最大努力做最好的妈妈。"她也在这母爱中变得漂亮快乐了起来。爱，永远不会让人亏损；爱，永远都能让人容光焕发。

辛格让艾罗住进了女儿的房间，把衣橱全部清空给艾罗用。其实，辛格夫妻和农庄生活很适合艾罗的性格，艾罗是爱家的男孩，他和辛格的丈夫彼此喜欢，父爱也让他更有信心。如果日子能这样继续下去多好，真希望艾罗能这样平平安安地长大，反正艾罗的妈妈又恋爱了，和一个德国军官，她想移民德国，但带着艾罗不甚方便……艾罗也已经适应了这个变故，爱上了辛格。辛格很坚强，不需要艾罗照顾，她总是坐在艾罗床头看着他入睡，跟他说话……艾罗的被头是洁白的棉质镂空蕾丝，要多爱，才会把那么精致的被头缝在艾罗的被子上啊……"没人能把你从我们身边带走。"辛格许诺，她是真心的。艾罗问："永远吗？"分

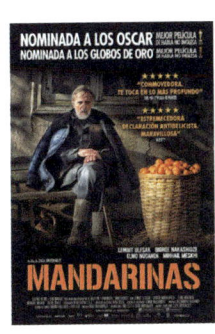 

延伸推荐:
《金橘》
《奥斯卡的美国梦》

离,是艾罗内心最大的恐惧。

然而,艾罗的妈妈还是把他要回去了。

辛格说一定是那个德国男人不要她了……这话被艾罗听到了。

临别那天,艾罗呼喊着辛格,叫她妈妈。辛格追着车跑了很远,艾罗趴在车窗上看着辛格,就像几年前在芬兰的码头上离开自己的妈妈那样,看着、想着、思考着……没有哭,没有泪。

60年后,艾罗对自己年迈的母亲说:"我觉得你随时会消失,我感到我随时会丢掉一切。"这就是艾罗不哭、无泪的原因,他不知道接下来他还要承受什么,接下来会被送去哪里。谁,来做他的母亲?

回到芬兰的艾罗,再也无法与朝思暮想的妈妈亲密了,也断然拒绝了瑞典的来信……他关上了自己的心门,也许,那样可以避免还会不期而来的变故,因为父母们向他许下的所有诺言都落空了。直到辛格去世,亲人按照辛格的遗愿邀请艾罗去瑞典参加葬礼……昔日的小艾罗,已经变成体态臃肿的老人,他坐在辛格墓地的海边，读着被他退回去的信，才明白当年妈妈为了选择与他生活，最终拒绝了德国男人……

一道伤口，终于愈合，母子促膝坐下，重新和好……然而，60年的光阴已逝。艾罗活在不安和被弃中的60年，谁来医治？谁来弥补？那七千芬兰儿童的一生，发生了多少心碎不堪的故事，谁负责安抚、解释？

老艾罗仰望夜空，心满意足地笑了，他终于明了两个妈妈都爱他，他终于相信她们真的想做他妈妈。

玛亚的深思

1
对孩子的责任心能使孩子有安全感。

2
孩子看重父母的承诺，父母不能只是为了应付而随口许诺。

3
孩子不需要完美的母亲，他们最需要母亲真的爱他们。

彼得后悔了

《五月的四天》
导演：阿希姆·冯·博里斯
编剧：阿希姆·冯·博里斯
主演：帕维尔·文策尔/阿列克塞·古斯科夫/伊万·舍甫多夫/安德烈·梅尔兹利金
类型：剧情/战争
制片国家/地区：德国/俄罗斯/乌克兰
语言：德语/英语/俄语
上映日期：2011
片长：97分钟

如果孩子真的发现自己做错了什么，如果孩子真的后悔了，如果孩子真的难过了，如果孩子真的害怕了，一定能让你看得出来，孩子不会假装。影片以彼得的表情开始，这一天，他13岁，这一天是1945年5月8日。我真不希望影片是来自真实故事，然而，它是。

一切是从1945年5月5日开始的，那一天彼得在海边的树林里挥舞着小尖刀，发泄着少年的精力……他甚至扒下战亡德军的军服和枪支，装备到了自己身上。战事已近尾声，他却想实现英雄梦为自己缓慢的成熟拔苗助长。彼得发现了机会，他遇到了八个奉命看守海滩、俘虏德国兵的苏联军人，他们接管了彼得所在的儿童福利院，彼得竟然端着枪站在他们后面，左眼是无知，右眼是无畏。院长一再说明他是自己的侄儿，不是士兵，彼得却端着枪固执地说自己是军人。

上尉走过去缴了他的武器，苏军骂他："你这个小法西斯。"但他们并未真正把彼得当成战俘，对于彼得的敌意，上尉在看到彼得抽屉里的父母照片时就消化了。尽管彼得的父亲是阵亡的德军，但在上尉的眼里，他只是一个战争孤儿。

彼得的危险和狂妄是显然的，要离岸的船夫曾让他去转告院长："这是姑娘们最后的机会了。"彼得拒绝去通报，说："我会保护她们。"他不知道自己的狂妄将让多少英雄付出生命的代价……其实他想保护的只是漂亮的安娜，一个亭亭玉立的大姑娘，那就是他异想天开的来由。那时，院长正焦急地寻找他……

上尉让彼得给他当翻译，与海滩上出现的德国步兵连军官对话，彼得狡诈地告诉德军对方只有八个人；半夜，他在福利院的塔顶向德军发出求救信号；当上尉发现彼得把安娜藏在饲料仓上面时，彼得竟然挺身突袭上尉，与他扭成一团……上尉哈哈大笑，宽仁地告诉彼得他很欣赏他英雄救美的举动。

院长把安娜长长的金发剪成了男人一样的短发，尽管如此，新来的苏军军士还是被安娜惹发了兽性。上尉声明安娜是他的，保护了安娜。军士在背后对上尉的恼羞成怒，却激发了其他士兵对上尉的忠诚和拥戴。彼得没有探究士兵们为何把上尉称为父兄，倒记住了上尉的绰号——猛龙，他像很多男性那样崇拜力量和胜利；安娜带来的险情也丝毫未使彼得醒悟，情窦初开的他沉浸在幼稚的占有欲里。他记恨安娜聆听士兵弹钢琴，并且把安娜的赞美翻译成贬低和攻击，嫉妒使他跑到德军营要求他们去消灭福利院里的八个红军,并告知德军:"他们的炮坏了,他们没有弹药。"德国步兵连甚是厌战,将彼得敷衍走了,不过有了胆量召唤接他们离开的船;上尉也不想打仗,他称自己是天真的上尉,只想把自己的兵带回家;智慧的上尉在深夜出其不意地破坏了德军的船只,既遵守了拦截逃兵抓俘虏的命令,也避免了没有援兵、寡不敌众的伤亡,而且他很清楚彼得去告了密……

上尉戳穿了彼得所做的事,但他没有惩罚他,反而把自己的手枪递到彼得面前:"杀了我,我是敌人;海滩上的人是懦夫,但你不是。"彼得摇了摇头,那一刻,他看到了他期待的英雄形象。面对这个危险麻烦的德国孩子,上尉拿起剪刀剪掉了彼得的裤腿,告诉他穿短裤可以在苏军面前用孩子的身份保住性命……其实,这次上尉是真的发现了彼得的危险性,但他不希望别人发现,他剪掉了彼得的裤子,想让他的军队忽略彼得;他真的是个天真的上尉,虽然他看起来那么威严高大,但他对生命的在乎使他不属于你死我活的战场。为了保护自己的士兵,他两次被军事法庭判罪、降级……他的爱终于吸引了彼得,或者说,彼得终于被正确的魅力吸引了。

"跟我说说战争吧。"穿着短裤的彼得,第一次像个真正的孩子坐在上尉面前,没有诡诈。

"你想知道什么?"上尉问彼得,他端详过彼得和父母的合影,他心里对彼得的怜悯早已在那里等着彼得。

"一切。比如你最英勇的行为。"多么像儿子对父亲的提问啊。

"我在列宁格勒当老师,有个学生叫谢廖沙,跟他妈妈一样读了很多书。他一直想当医生,战争打响后,这个小书虫说他想参军,他第二次执行任务时就倒下了。如果他当了医生,可以帮助很多像他那样的人,他会成为英雄。现在,却是死了的英雄。"

"他是你的儿子,你的儿子死了。"彼得唐突地揭晓上尉的故事,他不明白用心良苦的上尉是在用自己的伤痛教育彼得不要热爱战争和死亡。

"做父亲的干预不了儿子的命运,儿子们总是有自己的主意。"上尉无奈地低语,但他的为父之心却让他热忱地干预着彼得的命运。

父兄般的上尉带出来的士兵与福利院的孩子们相处和睦,除

了彼得差点让弹钢琴的士兵丢了性命，但他的良知最终让他向上尉撤回了对士兵强暴安娜的诬告，彼得开始做回一个孩子。战争也终于宣告完全结束了，院长在阳光下铺上白桌布，孩子和士兵一起庆祝战争的结束，钢琴声又响了起来。如果故事就结束在此多么好，上尉抱着忠心跟随他的士兵，感喟一起回家的日子就在眼前……

那位不肯派援兵的苏军少校带着大部队转回来了，看到了安娜。上尉为了继续保护安娜，彻底地得罪了少校，军士说："这回猛龙的头真的要被砍下来了。"

为了报复上尉，少校命令部队进攻福利院里的八个同胞，宣布他们是叛徒，并调来了坦克。面对这荒谬黑暗的战役，上尉对部下说："你们可以选择离开。"只有军士选择离开了，可悲的是他一走出去就被少校的部队击毙了。天真的上尉要部下朝对方头部上方开枪，吓唬他们退去，但少校却下令置他们于死地。

真正的战争，发源于人心中的邪恶、败坏、骄傲！

真正的战争，是灵与肉的交战，是善与恶的交战，是纯洁与污秽的交战！

真正的英雄，是为良知和正直献身，是为无辜无助的生命牺牲，是敢于捍卫真正的正确！

彼得又跑向了德军，请求他们去帮助上尉。四天无伤亡的交手，德军军官见识了上尉的智勇和诚意，也见识了那八个苏军的为人，他们竟然跟彼得一起来到了福利院……在"二战"结束以后的德国波罗的海岸，德军步兵连和天真的苏军上尉一起联合反抗苏军少校的围剿，何等悲壮奇异的战争！

　　战斗打响前，上尉叫人把彼得关了起来。他大喊大叫地反对，上尉的兵对他说："小彼得，活下去。"当德军和上尉一起，要安全转移安娜在内的所有福利院人员时，彼得被放出来要跟福利院所有人一起上船。外面的战斗并未结束，德军军官倒在了地上，上尉的兵只剩下两个站着的，上尉自己正用右手捂住胸口，鲜血浸满了衣襟。他默默地看着彼得，一直看着彼得，一直看着彼得……就像看着自己的孩子，依依不舍。上尉想说什么吗？他是不是要说："彼得，孩子，这就是关于战争的一切……"彼得一步三回头地离开了福利院，离开了上尉和战场，和大家一起坐上了船。安娜就坐在他身边，毫发无损，但不是他保护的结果，是上尉保护了这一切，是他曾经的敌人让他们都活了下来，没有经历羞辱地活了下来。码头上是会弹钢琴的士兵默然送别了他们，他还得回去战斗。

延伸推荐：
《伊万的童年》
《士兵》

于是，影片回到了最初。彼得的表情里，那个亢奋反叛、不听话的诡诈孩子不见了，坐在船上的是一个脸色苍白、失神震惊、后悔的孩子。也许有人会计算，这值得吗？难道就为了安娜，值得让那八个想回家的士兵都死了？就为了一个德国姑娘，值得吗？

我看到，这不是掂量一个生命和八个生命的事，这是在13岁的男孩面前，用良知和正直重新塑造了一个被扭曲的德国男孩的价值系统和是非观。这最后的战役，消灭了彼得心灵里的小法西斯；如果让那个小法西斯活着，希特勒也许就会在彼得的生命中复活，这最后的战役为彼得赢得了一个善良的未来。赢得一个孩子，就是在赢得未来的世代……彼得终于见识了什么是英雄，什么是真正值得保护的。上尉捂着胸口凝望他的目光永远都不会在他的信念中消失，我相信。

玛亚的深思

1
上尉为彼得所做的一切只是出于对孩子的保护，却带来了彼得的改变。为什么呢？

2
面对孩子，正直和善良的决定不会受到国籍限制……

3
如果我是彼得或者安娜，会从此改变对待他人的方式吗？

科扎克医生

科扎克医生

《科扎克医生》
导演：安杰伊·瓦伊达
编剧：阿格涅丝卡·霍兰
主演：Wojciech Pszoniak / Ewa Dalkowska
类型：剧情 / 传记
制片国家 / 地区：波兰 / 德国 / 英国
语言：波兰语
上映日期：1990
片长：118 分钟
又名：柯扎克

在波兰，有一个与居里夫人和肖邦齐名的医生，叫科扎克。他在世时波兰人都认识他，在那个媒体并不发达的时代，他相当出名，在街上总是被人轻易地认出。并且，人们叫他"医生"。

科扎克的确当过儿科医生，而且在医学界拥有很高的知名度。他因爱孩子，不婚、不建立自己的家庭，决心为儿童奉献一生。他曾在"一战"时入伍，因在战地医院出色的表现，被提拔为少校，战后他开始投身于孩子的教育研究、写作、演讲及照顾孤儿的工作。他的一生，始终保持着战壕里的智勇，以及对自己使命的忠诚。

《科扎克医生》这部影片只叙述了科扎克医生生命的最后一段岁月——1940 年之后的波兰，科扎克与他的两百个孤儿被送去集中营之前，在波兰的犹太人聚集区的故事。波兰人没有细数科扎克作为现代教育先驱的影响力，没有详述科扎克的儿童研究和他培养孩子的方法如何影响了"二战"后为孩子立法——通过波兰为联合国起草了《儿童权利公约》；这部电影也未提及他的著述——24本为孩子和教育创作的书籍……波兰人没有使用科扎克辉煌的成就来刻画这位波兰英雄，他们讲述的，是科扎克为了孩子多次放弃生存机会，陪伴孩子走向死亡的日夜。波兰人以最深情的目光，带领世人回望科扎克最后的选择。他所主张的、所呼吁的，正如他的名作——《如何爱孩子》。这部波兰电影向世界证明了科扎克的研究是"具有全球性和永恒性的教育经典"。

科扎克用生命示范了他如何爱孩子。他照顾的两百个孤儿，在饥饿潦倒的犹太人聚集区里，仍旧有整齐的床铺、桌布和杯盘，他竭力不让外面的黑暗袭击到孤儿院，自己却常扛着大背囊出去

为孩子们觅食。为了几袋荞麦他不惜卑躬弯腰,他曾被人责问:"你还有尊严吗?"他说:"我没有尊严,我有两百个孩子,他们没有尊严。"他利用自己的名望为孩子们争取一切可以争取的,像最卑微的老父亲。同时,他也是慈爱、有耐心智慧的父亲,他哄孩子睡觉、使暴怒的少年安静、让想自杀的青年恢复盼望,都不费吹灰之力……在科扎克的研究里,他强调与孩子对话的重要性,以及教育要考虑每个孩子的个体特征,这些似乎都在那些时刻一闪而过。他不是一个理论家,他所说的,都是他所做的。

在犹太人聚集区,科扎克偶遇一位重病的母亲,那位母亲立刻认出了名人——"医生"。她把自己的儿子托付给了科扎克,请求他照顾儿子,科扎克答应了,他知道,那个男孩不久就会成为孤儿……这是对科扎克的名望最好的刻画,美名胜过金银,如果那位母亲可以在国王和医生之间选择,我相信,她仍旧会选择科扎克。

面对孤儿院之外的世界,科扎克使出浑身解数;面对孩子,科扎克的爱永无止息。只有坐在楼梯上喘息的片刻,是属于他自己的稍微休息。他知道,只要他站起来,他的双腿就得不停地奔忙……在情况越来越坏的时候,他用智者的先知先觉预测着孩子们未来要经历的挫败和所需的尊严。1942年,科扎克知道绝杀正在逼近……他用戏剧的方式,以泰戈尔诗意的语言,让孩子们在戏剧表演中提前经历死亡,好让他们能够在不可避免的杀害里优雅地接受残酷的现实,带着盼望保持生命的尊严……他的用心何等良苦,何等优美,只为孩子们能够最大限度地抵抗恐惧,存留生命的尊严。

危急的局势中,多次有各方面伸出援手,希望科扎克能够存活,人们视他为宝贵的学者、艺术家、犹太人的精英,人们一再劝说、营救,想要他离开波兰。科扎克生气地说:"一个母亲,怎么能抛弃自己的孩子?!"对他所爱的孤儿,他视自己为父、为母。如果科扎克不这么选择,活下来的他,还能研究儿童教育吗?还能教导人们如何爱孩子吗?正如电影开始时他说的:"有的人爱银行卡,有的人爱女人,有的人爱赛马。而我,我爱孩子,那至少不是一种无用的牺牲,我这样做不是为了他们,而是为了我自己,这就是我需要的,请不要相信那些关于牺牲的声明,它们

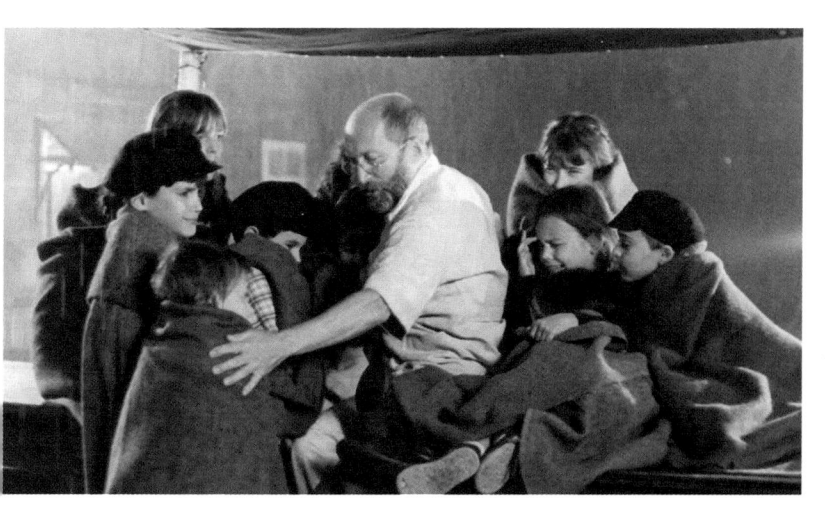

具有欺骗和误导性。"科扎克并不认为自己为孩子们做出了牺牲，在他的教育思想里，成年人不应该被自己的"无私"感动——牺牲，只是爱必然的组成部分之一。

科扎克认为父母教育孩子是对整个世界应负的责任，从科扎克的理念里你会看到人们太想成功，甚至太想做成功的父母，而不是真正地爱孩子、成全孩子。在犹太人聚集区的两年，科扎克把所有精力都献给了孤儿院的孩子们，再也没时间写作，但他的日记却幸运地被保存了下来。他日记的最后一篇停在1942年8月4日那天……

当盖世太保来到孤儿院要将所有人带去集中营时，科扎克看了一眼孤儿院的老师，他们用眼神无声地交流——最后的时刻到

延伸推荐：
《苏斯坎德》《再见，孩子们》《柏林孤影》

了。不过，他们已经为这做好了预备，老师说："孩子们，我们要去郊游，时间很紧。穿上你们做好的衣服，背着包，只带最重要的东西，我们要出发了。"犹太人聚集区里崇拜科扎克的富有青年这时仍旧有办法救走科扎克，科扎克不为所动地说："我只想请你让德国人站远点，把狼犬牵走……"科扎克走在最前面，他伸开手指，尽量多地让幼小的孩子牵住他的一根指头，孩子们兴高采烈地走向火车站，举着他们特有的马特国王一世的旗帜，那是科扎克从前为孩子们所写的小说里的英雄的旗帜。在所有送去集中营的人群里，只有孤儿院的队伍是整洁的，没有恐惧的，因为科扎克医生与他们同在，他一直是他们的庇护……火车站台上传来"科扎克医生"的呼唤，那是最后的特赦机会，科扎克没有回答，默默地隐藏在赴死的车厢里，和孩子们紧紧地挨在一起……

科扎克医生和孤儿院的孩子们都死于特雷布林卡集中营毒气室,但影片的导演却用了另一种手法交代医生和孩子们的结局,他让孩子们的车厢与列车脱钩,停在美丽的郊外,孩子们欢快地跳出了车厢,挥舞着旗帜,融进茫茫的晨雾里……导演用的正是科扎克医生的手法。

2019年,我和公司所有的同事去以色列秋游。在以色列大屠杀纪念馆的儿童馆外,我曾留下与科扎克和孩子们的雕像合影,站在那里,我无法做出一个微笑。雕像把科扎克的脸不等比例地放得很大,瘦弱的孩子排在他的脸庞前,我看着科扎克被放大的脸,为人类耻辱的历史里,有像他这样伟大的人感激不尽。

他的放大,是人的光荣。

玛亚的深思

1
爱孩子,就得像科扎克医生那样注重孩子心理的健康和灵魂的坚强。

2
科扎克医生总能给孩子们带来安全感,我可以吗?

3
透过科扎克医生,我是否相信正义善良的"一己之力"具有深远的影响力?

"不,我想问你!"

《八月的雾》
导演：凯伊·威索
编剧：霍尔格·卡斯滕·施密特/罗伯特·多姆斯
主演：艾沃·皮茨克/塞巴斯蒂安·科赫/托马斯·舒伯特/弗丽茨·哈勃兰特/亨丽埃特·肯夫里乌斯
类型：剧情/战争
制片国家/地区：德国
语言：德语
上映日期：2016
片长：126分钟

迪克与瑞克这对父子跑马拉松的传奇，是我极爱讲的故事。不论多少遍，每次讲，都能使我激情澎湃。好美的爱啊，在这对父子间汩汩流动，那么生动活泼、真实可信。这对父子的故事里最让我感动的就是瑞克第一次说话，不是叫爸爸和妈妈，而是说："去看曲棍球赛吧。"而他想送爸爸的礼物是："我最想做的就是让爸爸坐在轮椅上，我来推他比赛一次。"瑞克的这两句话，让我看到他心灵的健康，甚至健壮，因为父亲迪克对他的爱，不是对一个残疾儿子的悲悯，而是全然接纳和成全。正因为爱得不施舍，所以儿子的回应没有负担，也不是表浅的感谢，而是对生命的热望，因为他的爸爸是以尊重生命的态度尊重儿子的。无论残疾或健全，人，都应有生命尊严！

瑞克出生时，脐带绕脖导致脑部缺氧，生来就无法说话、走路,一直到11岁,才透过唯一可以转动的头部和一台特制的仪器打字与人沟通。15岁时,瑞克告诉爸爸他想参加一场慈善赛跑,从那一年开始,这对父子用40年,完成了257场铁人三项赛、22场铁人两项赛、72场马拉松赛、6次终极铁人三项赛,还有数不清的小比赛。

他俩最好的马拉松成绩是2小时40分47秒,只落后了马拉松世界纪录半个多小时,而且还是推着轮椅跑出来的成绩。被称为"美国最伟大的父亲"的迪克说:"我只是借给瑞克我的手和脚,瑞克则借给我他坚毅的心。只要我们在一起,似乎没有什么事是无法完成的。"2014年,74岁的父亲迪克跑完2014年的那场马拉松"退役"了,儿子瑞克则由志愿者推着继续跑……这爱中的传奇,已不仅仅属于一对父子了,多么美的故事,多么能让人引以为荣的人类故事啊……(中国浙江有位送快递的父亲,被迪克父子激励,也开始带着患有脑瘫的儿子跑马拉松、看世界。)

罪和美好,都有传播力、感染力。这是一场隐藏较量的马拉松,人类会让谁取胜呢?

今天,当我在网络上寻找迪克父子的图片时,禁不住哭出声来。刚刚看完《八月的雾》,幸福的瑞克使我内心一阵阵抽痛。我相信,如果你是为父的、为母的,一定会允许我、也会同意我说:不能再让埃勒斯·洛沙这样的事发生了。法国导演阿伦·雷乃在解释他所拍摄的改变纪录片历史的《夜与雾》时曾说:"战争结束了,但我们不能闭上眼睛。"是的,为了我们的孩子,以及孩子们的孩子,能够保有人生来的权利,我们真的需要睁开眼,正视历史。

20世纪30年代开始,被希特勒思潮统治的德国,在对犹太人疯狂地进行种族灭绝的同时也在"净化"本民族的雅利安血统,对德国公民施行各种法律限制:不许与犹太人、吉卜赛人等外族通婚,因为只有现代的日耳曼人才是地球上最为优秀的人种。为了第三帝国的纯粹,在日耳曼血统中的德国公民,同样经历着生命的"筛选",凡有残疾的、有先天性疾病的、弱智的、虚弱的、有精神疾病的孩子,都将在一个简称为T4的计划里被安乐死。这个计划中的孩子,从一开始的3岁以下扩展到17岁,所有医生、护士、接生婆、教师都必须向政府报告那些不符合优良人种的人,

其中还包括吉卜赛人、酒鬼,甚至穷人……纳粹把这称为"仁慈地结束'不可治愈的病人'的生命"的关爱运动。纳粹期间在希特勒的净化运动中死去的德国公民是数以百万的,其中不包括犹太人。

埃勒斯·洛沙是一个13岁的吉卜赛人的儿子,他健康机灵,聪明胆大,无所畏惧,被老师称为"害群之马"。所以,他也被送到了在执行T4计划的医院,当他听院长说医院里没有学校时,开心得偷笑了。很快,埃勒斯发现自己到了不该到的地方,他唯一的盼望就是等爸爸来接他去美国。埃勒斯的爸爸真的来了,父子相见,难分难舍,可是由于父亲没有当局要求出示的居住证,无权带走自己的儿子,父亲只好安慰苦苦哀求的儿子,许诺找到住处就来接走他……当时的德国,即使刚出生的孩子,只要医院觉得不属优良品种就会被迅速转移,"接受治疗"。许多婴儿从此再也没回到父母身边,真是人间炼狱……

埃勒斯有天生的领袖气质,他能毫不迟疑地说出自己的理想是"当市长"。凭着机敏和勇敢,他得到孩子们的信赖和喜爱,在飘荡着死亡气息的医院里帮解剖室打杂,冲洗带血的解剖器具。很快,他发现小伙伴会离奇地死去,尤其是当一位美貌的护士基弗小姐来了之后,喝过树莓果汁的孩子再也不会醒来。医院里的修女索菲亚找到院长说:"昨晚托尼和约翰死了,我怀疑他们是被害死的。"院长则要她相信所有医院都在执行这个计划,"这是帮助净化德国民族,也帮助孩子脱离痛苦。"索菲亚说:"我

拒绝相信,你应该治疗并保护他们。"痛苦的修女找主教求助,但只得到"留意一点"的吩咐。其时,除了以巴门宣言明志的认信派,德国的教堂都被纳粹统治了。回到医院的索菲亚,默默护着身边几个最弱的病童,院长明确表示要她离职,索菲亚却为了孩子们留下来接受煎熬。

一天,院长的得力助手基弗小姐在光天化日之下,从容不迫地端着果汁来到索菲亚最疼爱的小女孩艾米丽床前,要艾米丽喝下去。敏感的埃勒斯接了过去,故意洒泼在地,基弗小姐冷冷地说:"那我再去拿一杯,给艾米丽喝。"基弗是那么美丽,美丽得可怕,当她把毒果汁递给柔弱的小孩时,目光是那么镇定、毫无罪疚,良知在她心里已经死亡,她完全被纳粹思想征服,对

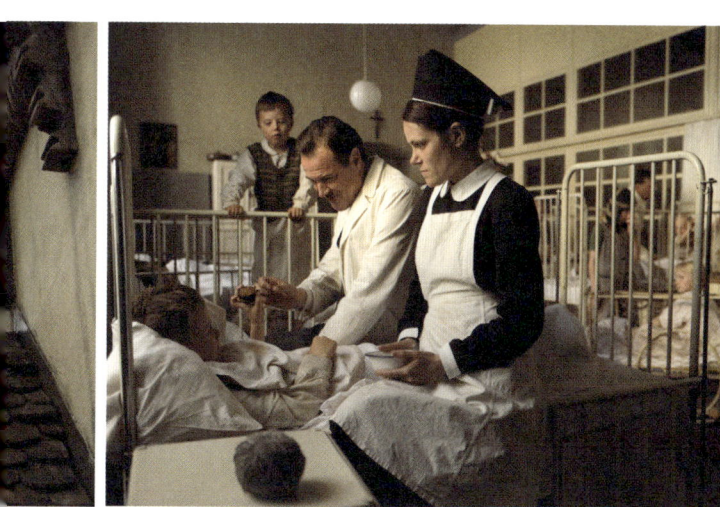

于谋杀已经无感。英国剑桥大学有一位教授 Derek Prince 曾说:"我出生在英国,相信我,英国人可是非常骄傲和自大的,一个英国人可能要花很长时间才承认自己有骄傲的问题。德国是另一个有悠久民族自豪感历史的国家。我相信所谓的民族主义是当年希特勒能够统治德国民众,甚至统治众多德国基督徒的关键。"也许,这段话可以解释基弗小姐那无回旋余地的冰冷。人的手,是制造不出伟大族类的;但人的心可以成就民族的伟大。正直、善良、诚实和爱,才会让一个民族伟大。

索菲亚抱起艾米丽藏到了自己的房间里,回来后又帮埃米尔把喝下去的毒汁呕了出来……目睹这一切,埃勒斯问索菲亚:"难道她可以这样吗?"索菲亚说:"这很复杂,你可以去问院长。"

埃勒斯愤怒地说:"不,我想问你!"他早已不信任院长了,自从院长解剖了被毒死的托尼和约翰,并诊断他们是患肺炎而死之后……于是索菲亚回答了埃勒斯:"上帝造人,所以没有人有权主宰他人的生命。"在那座死亡医院里,埃勒斯终于找到了一个他能够信赖和拥抱的成年人,也得到了自己该活还是该死的答案。正确的答案,能让他活得更聪明。

他和索菲亚一起,帮助艾米丽躲过了院长和基弗小姐的搜查,但是接近尾声的"二战",却使纳粹更疯狂地要摆脱"劣等人"给第三帝国的负担,他们准备加快"关爱"行动,让孩子们尽快"解脱",医院的墓地几乎人满为患……

聪明的埃勒斯明白自己不能坐等父亲的到来了,他和吻过他脸颊的女孩南希商议准备出逃。在一场空袭警报里,他们遇到了抱着艾米丽的索菲亚,轰炸中,索菲亚和艾米丽搂在一起安详地死去,而南希负了伤,使得埃勒斯留了下来……在索菲亚的葬礼上,埃勒斯听着院长虚伪的发言,忍无可忍地冲着他喊:"索菲亚修女帮助病人,而你呢?你只是杀了他们,你是个可怕的骗子,你是杀手,是罪人,杀人犯,你听到了吗?"院长当然听到了,他回到办公室拿起那支掌管生死的钢笔,唰唰涂掉了埃勒斯·洛沙两个单词,然后交给了执行助手赫尔曼,一个有点瘸腿的小伙子。赫尔曼看到埃勒斯·洛沙的名字吃惊地问:"为什么?他那么健康……"他下不了手,埃勒斯那么有活力,那么聪明勇敢,也许,埃勒斯健康的活力形象激起了赫尔曼内心的战栗,这是毫无理由地夺走人命啊！他软弱地求助，基弗小姐自告奋勇地前往帮忙，她端着放了注射器的盘子，淡定昂首地和赫尔曼走进了埃勒斯睡着的房间……不会吧！我心里等待着奇迹，赫尔曼可能已经把他放走了……好难相信埃勒斯就这么被夺走了生命，他有那么旺盛的生命力，还有要当市长的豪情壮志，他怎么能就这样死呢！

次日清晨，解剖室的老工人马科斯看到解剖台上放了一个孩子，他揭开盖尸布，哭了……也许，风度翩翩的院长的振振有词，国家元首对民族的优化，早已成为他不假思索工作的动力，也是他不进行独立思考的根据，但面对解剖台上的埃勒斯，他失去了麻木的凭据，他失去了继续残忍的能力。这是1944年8月，埃勒斯·洛沙在医院被谋杀。1935—1945年有超过20万孩子这样被杀害。

院长被判3年有期徒刑，但在1949年因健康状况获释，并

延伸推荐：
《穿条纹睡衣的男孩》《柏林1936》《最后一张签证》

在1954年由巴伐利亚州司法部长平反，护理员则被判处一年监禁，女护士被判四年徒刑，出狱后从事儿童护理工作……所以，我不觉得我们的孩子是真正安全的，我祈祷让孩子们遭难的潜伏恶念消亡，我渴盼孩子们能活在生命赋予他们的权利里。

看过无数德国影片，对德国电影工作者的自省、反思深感敬佩。当他们认真思索发生在德国的这些历史时，他们其实是在保护国家甚至人类的未来。当知识和艺术愿意发出诚诚实实的提醒，人类才有资格说人类拥有文明。真正的文化，应该是生命对一切崇高和美好的回应。我搜索着扮演埃勒斯·洛沙的小演员的照片，保存着他的笑容。他笑得那么满足，我真希望他就是活着的埃勒斯·洛沙，这种希望让我无声地流泪……即使在书写的此刻，我的泪水仍旧夺眶而出，仿佛我就是埃勒斯·洛沙哀恸的母亲！我也有儿子，正如埃勒斯·洛沙的母亲有他。

埃勒斯·洛沙，愿你在天国成为十座城的市长。

链接——与这部电影内容息息相关的还有《无主之作》和《德意志零年》，两部影片均见证了这段历史事实。

玛亚的深思

1
我期待当我年老时，回望一生的经历，能享有良心的安宁与欣慰。

2
我是否常常留意，在为人处世时不伤害别人？

3
保护他人的生命不受摧残，有时需要承担风险。我愿意这样做吗？

To teach is to touch a life forever

To teach is to touch a life forever

《我是一名教师》
导演：谢尔盖·马克利斯基
编剧：Aleksey Borodachyov
主演：Aleksandr Kovtunets / 尤利娅·别列希尔德 / 菲利普·莱因哈特 / 弗拉季斯拉夫·阿巴申·安德烈·斯莫利亚科夫
类型：剧情
制片国家/地区：俄罗斯
语言：俄语
上映日期：2016
片长：85分钟

在阿米什人生活的美国宾州，我曾带回来一块瓷片，因为那上面的话抓住了我的心——To teach is to touch a life forever.

我用柔软的睡衣把它仔细包裹好，又夹在衣箱的中央，确保不会被震碎。它完好无缺地跟着我到家了，安放在我每日安静独处的角落。彼此相对好几年，我发现自己并未在翻译中思量这句话。也许，翻译之后就无法表达我与它相遇时刹那间的心领神会了，还是保存那一刻的触动吧，有些深深明白并不需要精准的解释。

自从遇见这句话，我就默默地把它当作走上讲台的精神准则，当我看《我是一名教师》的时候，丝毫也没有联想到这句我心爱的话语，直到看完……我诧异自己从前写过不少关于教师的文字，都没让我提及这句话，但是帕维尔，这个懦弱无用的男人，却与我心爱的座右铭走到了一起……

在苏联卫国战争期间,帕维尔所在的村庄被德国人侵占了,不过他倒活得还行。作为村里学校的教师,他的生活窗明几净,早餐有新鲜的牛奶、面包,而且每个盘子里都有两三个黄灿灿的煎蛋……跟他一起生活的是他的嫂子和侄儿,哥哥因参与抵抗德军牺牲了,他收留了逃难到村里的他们。动荡不安的时局,使惊魂未定的女人和安于现状的男人不谋而合。帕维尔虽然矮小,却极具实用性,也许,那正是让安娜决定嫁给他的定心丸。安娜很标致,难得的是她很知足,看看被她收拾过的帕维尔的家,就知道她也聪明勤快。这么好的女人愿意做帕维尔的妻子,让他兴奋得情不自禁地把清晨的水泼到侄儿瓦尼亚身上……

"你干吗把水泼在我身上？帕维尔－安德烈耶维奇！"瓦尼亚生气地盯着叔叔，直呼其名。接着，在早餐桌上，妈妈告诉儿子瓦尼亚，帕维尔向她求婚了，他们要结婚。瓦尼亚却毫不留情地说："怎么会这样？妈妈你说过我们很快就会回家的。"很明显，瓦尼亚不愿意接受自己的叔叔，但帕维尔实在太快乐了，在去学校的路上他仍旧喋喋不休地讨好瓦尼亚。人生不过如此吧，他要的即将实现，帕维尔心满意足地争取着就要成为继子的瓦尼亚，他不明白为什么瓦尼亚不要他娶自己的妈妈。"我不许你娶我妈妈，你会害死她的。"瓦尼亚说。帕维尔追问瓦尼亚："瓦尼亚，为什么？"

瓦尼亚的老师就是自己的叔叔帕维尔，他不喜欢帕维尔，却要接受他的教育，要听帕维尔照本宣科地讲述希特勒的生平事迹。这是帕维尔讨厌的一切，也是所有孩子内心反抗的事——坐在自己国土的教室里，听入侵者的颂章。心生憎恶的孩子击落了教室里悬挂的希特勒画像，露出了镜框底层原来的普希金，帕维尔娴熟地背诵起普希金的诗句："像激流一样，敌人涌向俄罗斯大地……"他背得很流畅，学生们听得入神，稀奇他们的老师原来是爱普希金的。然而，他们旋即就看到帕维尔在德军司令官的逼迫之下朝普希金像开枪，因为德军司令突然来到教室时发现希特勒的画像被打翻在地……所有的孩子趴在教室的窗口看着自己的老师被德国人打倒在地，流着鼻血，朝着普希金像开枪。

晚上，帕维尔自我催眠地对安娜说："我是个老师，我的工作就是教育学生。不管统治者是谁，都不影响我教书育人，这是来自生命的呼唤，是我的信仰，无论政权怎么变，我都不会变。我们要学会生存和适应，安娜，你告诉我，我没说错。你儿子说我们是德国人的仆人，是卖国贼……"安娜默然地听着帕维尔的理论，她的前夫选择为国捐躯，所以儿子的话并不让她吃惊，但如今她可依靠的就是这个选择置身事外的男人。她选择哑然不语，温柔地吻着帕维尔的秃头道晚安，因为他们母子是无家可归的孤儿寡妇。可是，不做判断的沉默权利也迅速被掠夺了：安娜去帮佣的地方，德军司令官对她一见钟情。安娜奋力反抗，逃脱了魔掌，可见她心里有绝不为生存变节的刚烈。

面对侵略者，根本不存在不做选择的可能，但帕维尔却执拗

地坚持如此——不做选择。他想要的就是教书、结婚、与德国人相安无事地活下去……所以,当躲在他家里的苏联军人问他站在哪一边时,帕维尔完全回避立场地答曰:"我不懂你的意思。"即使他被德军打出鼻血,仍准备去告发那位受伤的苏联军人,好继续平安度日。是安娜差点被欺凌,才使他不得不醒悟,不再装睡,而是做出选择。

"我答应帮你。"帕维尔拿着一块饼、一盏灯,站在藏匿着苏联伤兵的幽暗仓房里。那个镜头拍得很妙,帕维尔虽然站在自己的房子里,却不知道选择站在哪个方位,不知道何处才是安全的。苏联伤兵的枪口朝着帕维尔的背部出现……这似乎在揭示帕维尔根本不懂真正的生存之道,不明白什么是危险的立场,不明白什么才是进入防御。

"我帮你,你可以帮我杀了那个德军司令吗……你都不问我原因?"

"我杀敌人不需要理由。"苏联神枪手笑着说,他很高兴同胞清醒了。

帕维尔把与安娜母子生活下去的希望寄托在苏联军人身上,他扶着受伤的军人去附近的机场,司令官要在那里接一个投靠德军的苏联人,也是神枪手奉命要杀的人。夜路里,神枪手直言不讳地说:"我觉得你有点人渣,我有点伤心,你竟然是为了自己的利益要杀德军,而不是为了我们的祖国。"帕维尔面无愧色地说:"你在意这个?"神枪手说:"你是老师,应该清楚……我很好奇,你都教孩子们什么?"神枪手与帕维尔的对白每一句都分量十足,英雄的无畏把帕维尔的自保反衬无遗。遗憾的是,帕维尔还来不及撤走,司令官和大叛徒就已到齐了;因为怕死,他拦阻了神枪手开枪的机会,白白放走了自己的仇人。神枪手愤怒得差点杀了他,英雄悲愤地嘶吼:"难以置信,这太荒谬了!"帕维尔竟然说:"最重要的是我俩都活下来了,这比你的任务更重要。"面对神枪手的视死如归,帕维尔毫无所动。活下来,是帕维尔的信仰。信错了的人,怎能活得对呢?

神枪手临死前教会了帕维尔如何用枪。可惜,帕维尔让他死不瞑目,帕维尔瞄准了敌人,但他还是选择了不开枪。只要开枪,他就得死……帕维尔的不作为使他再次失去了杀敌的机会,看着血流成河的神枪手在自己身边咽了气,帕维尔把神枪手和枪都掩埋了,他没有留下英雄的枪,他以为还有日子可过……回到家中,安娜已经被抓去德国劳工营了。生,从来不属于贪生者;死,会更快追上怕死的人。

知道帕维尔手里有枪却不开枪的瓦尼亚抢走了同学捡到的手榴弹。为了妈妈，他选择去炸死德国司令，可惜，爆炸的手榴弹没有杀伤任何敌人，瓦尼亚被捕了。赶到现场的帕维尔，怀揣着安娜的绝笔："帕维尔，请照顾瓦尼亚。瓦尼亚，现在帕维尔是你爸爸……"

帕维尔受命于阴险诡诈的大叛徒，去劝说瓦尼亚听叛徒的话："可以活下去。"他把活下去的信仰传给瓦尼亚，也差一点成功了，因为他让瓦尼亚读了母亲的留字……帕维尔不知道，换下军服"拜访"他的苏联叛徒跟德军司令打了赌，不必绞死瓦尼亚，他能使13岁的孩子降服，穿上德军军服跟随他。但是，瓦尼亚对叛徒说："我哪儿都不会跟你去，因为你是叛徒。"所以叛徒让帕维尔说服瓦尼亚接受"活下去"的信仰，因为唯一可以救他的人，劝他那么做——"如果我是你，我会那么做。"帕维尔说。

帕维尔完成了说服瓦尼亚的任务，叛徒赞扬他不愧是老师，

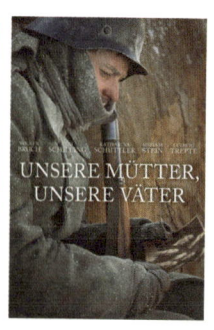

延伸推荐：
《最后的日子》
《我们的父辈》

做了好榜样,并告诉他从今往后由自己接手瓦尼亚,做瓦尼亚的老师……帕维尔突然后悔了。他发现,他虽幸存,却什么都没有了。安娜被抓去德国劳工营,瓦尼亚不再属于他,他内心在乎的一切都被挖走了。尤其是,叛徒得意扬扬地要做瓦尼亚生命的导师……帕维尔的良知苏醒,在内心发出了控告,一切都晚了……那夜,他再次梦见了金色麦浪里的白衣女孩,他仍旧无法靠近她。

次日清晨,帕维尔站在埋葬神枪手的地方,诵读着圣洁的诗篇,然后挖出了和英雄一起被埋葬的狙击枪。他趴在教室的课桌上,瞄准了叛徒……

叛徒有种神秘的第六感应,神枪手瞄准他时,他会感到后脑发凉;而帕维尔上一次瞄准他时,他却毫无感觉。但这次,当他带着瓦尼亚整装待发时,后脑一阵寒凉,他感觉死亡的枪口对准了他,还没来得及躲避,他就倒下了。帕维尔两枪夺了他的命。

瓦尼亚赶到教室,看到——倒在血泊中的帕维尔、墙上的普希金画像以及黑板上的留言:

为了俄罗斯,鲜血洒向圣洁的祭坛。
别了瓦尼亚。
你的叔叔帕维尔

帕维尔在另一个世界,终于握住了麦浪里白衣女孩的小手……在血染的教室里,帕维尔赢回了自己的学生、也是自己的亲人——瓦尼亚。

瓦尼亚撕裂德军军装,把军帽摔到地上,目不转睛地凝视着帕维尔的遗言,在学校教室的黑板上。

如果全人类都明白讲台是圣洁的,是可以为之献身的,我相信人类一定能彼此相爱,和睦而居。

玛亚的深思

1
孩子对教师的期待,除了完成教学,还有其他……

2
坚持正义和妥协投降同样都会付出代价。

3
当上教师并不能自动赢得爱与敬重,它们需要你用耕耘去赢得……

放下举不起的梦想

乐队往东，巴特往西

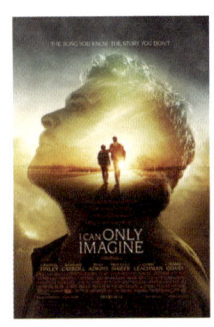

《超乎想象》
导演：安德鲁·欧文、乔恩·欧文
编剧：乔恩·欧文/布伦特·麦科克尔/亚历克斯·克拉默
主演：J.迈克尔·芬利/布洛迪·罗斯/丹尼斯·奎德/玛德琳·卡罗尔/塔根·伯恩斯
类型：剧情/音乐
制片国家/地区：美国
语言：英语
上映日期：2018
片长：110分钟

"有时候没有下一步。"巴特乐队的经纪人说。他是稀有的经纪人，不是在做才华的买卖，也不包装人，反而叫人卸掉面具。他一再提醒巴特：把生命中真实的东西表达出来，才能找到自己的歌。他不要模仿和潮流，若歌声是从灵魂里发出的，他一听就晓得。

这时的巴特离家不久，他的急于求成比同龄人明显，但是决定他命运的演出得到的回复是："你不够好。"这句话正是父亲给他的咒语……巴特脆弱得决定放弃。经纪人对巴特说："你还没准备好……我要坦白地跟你说，有时你在舞台上就像你在唱别人的歌曲，就像假的模仿，我不相信它……但有时，我看到一些真实的东西，然而它一出现，你好像就害怕了，它瞬间就消失了……你在逃避什么？别再逃避了，让那个痛苦成为激发你的力量，然后你写下来的东西人们才会相信。要做到如此,你必须面对你的恐惧,孩子。也许我不总相信你的音乐,但我相信你,孩子,我信任你,别放弃!"

人的一生能遇到最为罕见的帮助,不是天使投资,不是贵人提拔,而是生命的诊断、引导和启示!如果巴特遇到的只是资金或是唱片公司的青睐,那么巴特和乐队也许会在演唱会后一举成名,他会跟着乐队继续往东前行,那只不过是延迟巴特的崩溃。然而,巴特在失败的时刻,被真正的帮助扶持了——直指核心,正视恐惧,处理伤口……巴特听进去了,他站起来,跟乐队暂别。乐队往东继续演出,巴特往西,回到家乡,去面对他的恐惧:被他称为恶魔的父亲。

这是一个真实的故事,它来自歌手巴特·米勒德的人生。巴特离家出走的导火线,是他的父亲破天荒在周日的早晨做好早餐,并多次劝儿子进餐,预备去教会的巴特说不饿,不吃早餐了,父

亲愤怒地拿起盘子朝厨房走去,毫无预警地,父亲走到巴特背后时,将早餐朝巴特的头砸下去,距离很近,动作很流畅,盘子在巴特头上粉碎……很显然,这是常态。巴特怒斥父亲,声明自己已经长大,他离开了家乡。

如果人可以像看电影一样,坐在观众席上观看自己人生的全景,巴特就会明白父亲做早餐的动机来自知道自己身患绝症,他想重新开始……巴特的父亲想从一个早餐开始,但是他忘记了自己曾经怎样挑剔儿子为他做的早餐,他忘了自己怎样贬损儿子的梦想、烧掉儿子的创作、毒打儿子,怎样在儿子摔断了腿脚时毫无安抚地扬长而去……其实,父亲没有忘记,正因为记得,他做了早餐,他想改变!

巴特看不到父亲在毒打他之后的彻夜痛哭,也不明白父亲厌恶梦想是因为他不想巴特再尝梦想破灭的痛苦……"谁打击我,我就更重地还击,我绝不会被打倒。"这是巴特父亲的人生信条,所以,梦想失败他就暴躁酗酒,妻子走了他就变本加厉地揍人,

他把自己变成怪兽,好让厄运不敢再走近他,直至终于发现自己已无时间还击命运。

直到离世,巴特的父亲都戴着婚戒,他没有再婚,殴打过弃他而去的妻子的男朋友,警告他不许再打前妻……这个男人,用最可怕的方式,活出了令人无法接受的忠诚,就像他的早餐,令巴特费解,甚至愤怒。难道不该发生的伤害和痛楚记忆,能在培根和肉桂卷里就此消失吗?巴特拒绝接纳归家之后父亲做的第一份早餐,这次父亲没有再朝儿子发泄,而是十分茫然无助地说:"我该做什么?我想把我们之间的事情说清楚,而我不知道说什么。我不知道要如何去做,我在尝试,我在读很多我不理解的书,我对于自己有很多疑问,没有任何人给我解答……"父亲拿着一瓶番茄酱,站在厨房门口问巴特。他不理解儿子如他祈盼地回来了,却为什么不肯吃他做的早餐、不肯原谅他。面对巴特的愤怒,父亲卑微地说:"你不能给我一次机会吗?""不!你要放弃你的梦想,因为它阻碍你看清楚什么才是真实的。"巴特把父亲刻

在他心中的话狠狠地丢回给父亲。仇恨能使人口如利刃,让复仇的话如箭一样射中靶心,巴特的确做到了——让父亲绝望。

巴特的家乡在德克萨斯州,那是美国最传统的几个州之一,不难看到,巴特破碎的家庭生活,有从外围来的爱和包扎……纯真痴情的香农代表温情的社区和好家庭的善良,她纯洁地爱着巴特,磊落到让人心疼。即使被拒绝,她也流着泪告白:"我一直为你祷告,让你找到你寻找的。"虽然她不知道巴特在找什么,她也不理解巴特对于她的"我爱你"为何只是面无表情地回复"我知道"。香农要是晓得巴特的妈妈就是在说过"你知道我爱你"之后离弃他们父子的,就会明白巴特的"我知道"里包含着不敢相信、无法投入的怀疑。如果没有救赎,伤害一个孩子,等同于毁坏了他的一生,巴特的妈妈差点使儿子永远不能回应香农的爱情。

学校合唱队的老师芬切小姐则代表传统的价值观和信仰尚未离开德克萨斯州的学校教育,那一切托住了巴特的品性,也为巴特父亲的重新做人预备了环境。巴特回想着母亲送他去过的夏令营,那似乎是母亲给他留下的最好的礼物,使他有力量宽恕了父亲,他把父亲从地上扶了起来。后来,巴特在日记中写道:"我终于拥有了我一直以来想要拥有的父爱。"

巴特开车时,父亲会把戴着婚戒的左手放在他肩头;巴特干活时,父亲拨弄着他的吉他,笑着说:"现在你有竞争者了。"和巴特一起去做礼拜的父亲温柔地自嘲:"晚到总比不到好。"

虚弱的父亲热情拥抱着儿子所爱的一切,儿子也时刻陪伴着父亲,彼此的依恋弥补着昔日破碎不堪的光阴。打点滴时父亲侧头慈爱地看着儿子说:"我想好好照顾你,巴特,我没赚很多钱,但是我有人寿保险,他们每个月会寄支票给你,这样你就可以专心唱歌了。你有真正的天赋,我以你为荣,我想要你去追梦,永远不要回头看……"虚弱的父亲,用无可挑剔的爱与祝福解除了他曾经加在儿子心中的诅咒……巴特再也不会有恐惧了,他的父亲几近完美,超乎他的所求;在巴特眼前,那个被酒精、暴怒、仇恨五花大绑的父亲,变得那么柔软、可爱、虔诚、温情脉脉。

如果,那天巴特摔门而去再不回头;如果,巴特没有从地上扶起父亲,也不能饶恕;如果是那样的话,父亲也会留下支票,然后死去,但巴特的恐惧会伴他终身……只有爱,能除去惧怕。如果儿女因未得到的爱固执于记恨和报复,将只会离所要的更远。

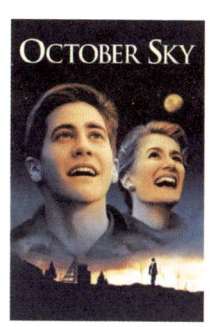  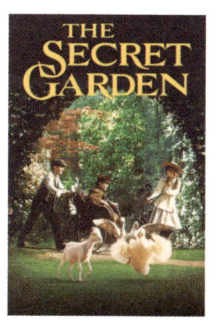

延伸推荐:
《十月的天空》《奇迹》《秘密花园》

巴特父亲的茫然无助,使我更深地体会天下为父为母的痛苦:谁能给我们答案?谁能帮助我们做好准备才开始生孩子?儿女们啊,请给我们一个机会,让我们可以再来一次……

我在前面写"这是一个真实的故事"时,我的意思是,它里面的法则能够在每一个人的生命中发生同样的效果。你知道吗,巴特后来娶了香农,正如香农儿时的预言:"我想有一天我们会坠入爱河。"巴特的母亲后来成了儿子忠实的粉丝。这个故事里不再有伤心人,因为他们都遇见了超乎想象的奇异恩典——超乎想象,意味着比满足更多。

2017年,巴特在白宫把这个超乎想象的故事分享给了总统和副总统,还有国会的成员以及全世界的领袖……有时,我们真的要停下所有的奔忙,处理自己的恐惧和问题,才能找到属于自己的声音,才能讲述真正感人的故事。

玛亚的深思

1
作为成年人,我选择宽恕。让我们卸下怨恨,轻装前行。

2
当我看到巴特父亲怒气里的无助,我体会到他内心渴望爱儿子却无力表达的痛苦……

3
从巴特对待女友和他人的方式里,我发现未获痊愈的心容易伤人伤己。

放下举不起的梦想

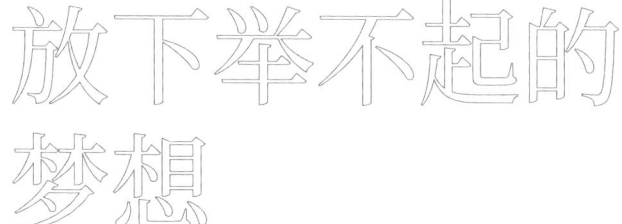

《跳芭蕾舞的男孩》
导演：Dmitry Povolotsky
编剧：Dmitry Povolotsky
主演：安娜·米哈尔科娃/Vladimir Kapustin/Lyudmila Titova
类型：喜剧/歌舞
制片国家/地区：俄罗斯
语言：英语/俄语
上映日期：2011
片长：88分钟

放下和举起，哪个更难？我想是放下更难。

举起梦想之所以很难，是因为想举起来的并不属于自己。属于自己的梦想，都会举得起来。放下，是成就之先的功课。

波波·费金的梦想是在莫斯科大剧院的舞台上以优美的舞姿举起全班最美的女孩……看多了励志的光荣事迹，我不由自主地期待有215年历史的俄罗斯芭蕾舞学校里最不可能的男孩能够成功，虽然第一眼就有了很明确的失望。

镜头从一个又一个的孩子的脸庞扫过去，每一个都带着某种能在莫斯科大剧院舞台上亮相的可能性——有的轮廓秀美，有的颈项颀长，有的气韵高贵……波波，有点滑稽的长脸和挖掘不出任何优势的五官，像突然卡在四只小天鹅里的丑小鸭出现了。而且，剧情使观众一直没有看到波波化作白天鹅的希望,因为观众比里面的老师和校长知道更多的真相……是的,真相就是波波不是跳芭蕾舞的这块料,但是有另一个属于波波的真相却很深地触动了我,那就是波波的柔软——不是韧带,是他的心。

波波在不知父亲去向的妈妈身边长大,妈妈的生活并不纯净,家里总是闹哄哄地充满了陌生人,但被他解释成"妈妈很好客,尤其是外国人。我们很穷,妈妈养我不容易"。波波并没有穷孩子发奋自强的刻苦,也没有自惭形秽的自怜。波波很知足,总能自娱自乐。波波知道自己害羞、不受欢迎,也只是淡淡地宽解自己:"可能因为我没有爸爸";波波爱慕班上最美的黑发女孩玛琳娜,但他也能天天为同一个社区的红发女孩凯雅拎书包;他最向往的就是肉类和自由,不过也能接受两样都稀缺的日子;他有亦正亦邪的朋友,但他的随和不计较,使他有惊无险地脱离了堕落……保护波波内心世界的,正是芭蕾。

"在艺术的殿堂里不准跑!"

"你是个艺术家,怎么能这样读普希金呢?"

"你怎么把衣服穿成这样,我记你的警告,再有一次就开除了!"

面对警告、训斥,波波一律都是用"谢谢,再见",加上一个经典的芭蕾谢礼——这是校规,因为俄罗斯芭蕾的精髓不是只属于舞台。古老的芭蕾学校虽没有把波波塑造成真正的舞者,却把芭蕾的优雅留在了波波的骨子里——不急不躁,深藏内力。波波回忆过往,坦承自己"无法自拔地爱上了芭蕾,它是我的一生挚爱"。带领波波走进芭蕾世界是妈妈的主意,他们母子为此所付的代价其实是值得的。

波波的妈妈总是很坦然地在儿子面前展示自己的世界,没有说教的习惯,也没有说教的时间。她忙着赚送儿子学芭蕾的学费。当波波差点因黑市交易被学校开除时,她默然地接受事实,遵照学校命令送儿子寄宿,没有哭哭啼啼责骂儿子不够乖、不给她争气,只是说:"波波,做个真男人,过不久你就是了。"好像长大是一件很容易的事……那是一个很感人的细节,尽管妈妈常因"不方便"让波波去奶奶家过夜,但妈妈从没有真正打算送儿子寄宿,迫不得已如此时,母子二人平静地分担了他们都不想要的结果。

住校后的波波月夜里站在宿舍窗前发出"我真的好想家"的

心声时,将他们的母子情深展现无遗……那是1986年的俄罗斯,人们住在千篇一律的房子里,只准许过千篇一律的日子。波波的妈妈竭力把自己收拾好,把儿子带大;他们母子在极不完整的生活里,活出了完美的默契——不彼此抱怨。抱怨,是一幅将人生的缺失和丑陋精工细画的"名作",只要家里不挂上这样的装饰,就一定能走出困局。

波波被芭蕾学校开除后,又能回家跟妈妈同住了。一天夜里,爸爸回来了,妈妈有点羞涩,简单地对儿子说:"波波,这是你爸爸。"因特赦被释放的爸爸让波波头晕目眩,突然出现的爸爸顷刻间否决了他的芭蕾血统——波波因为黑市伙伴的逗乐,真的以为自己是芭蕾舞王巴瑞辛尼科夫的儿子,那曾是他芭蕾梦想的底牌。

透过仔细地观察,波波终于接受了事实,对自己是米卡·费金的儿子波波·费金不再挣扎。当政府差派的驻地鉴察员来"家访"时,为父的米卡·费金才知道儿子已经有了前科,如果满了18岁至少会被判10年。那天,波波得知自己的爸爸也是因为黑市交易被判了刑,波波内心感叹:有其父必有其子啊!他愉快地接受了亲爸爸……驻地鉴察员临走时说:"好一个天赋异禀的家庭啊。"看到这,我笑了起来,发自内心地替波波感到快乐。我知道,这个家将不再一样。你看,米卡·费金一边和儿子说话,一边挥手赶走香烟烟雾。他不想儿子吸进去,他问儿子:"你长大想干吗?"波波告知爸爸他想跳舞,但被开除了,爸爸说:"他

们会收你,非收你不可。"那一句,真让我感动。

波波的生活变得奢侈起来,从前对他不搭不理的世界,现在被爸爸的关怀备至包裹了起来;从前没着没落的想法,现在爸爸坚定不移地陪伴他实现。剧情进行到米卡郑重地为儿子重考芭蕾学校穿上西装、戴上眼镜时,我真的也幻想过波波也许会脱胎换骨成为首席舞者……父亲并没有强迫学校收下波波,他自己都被波波自创的舞蹈弄得忍俊不禁。父子俩做了最后的努力,然后波波和爸爸一起承受了事情的结果——波波要放下芭蕾梦。波波·费金真的放下了,他发现自己算钱比跳舞强,他说:"我没有生气。"就像他面对从前一切的不如意那样,他的确是个不生气的孩子,这是能做大事的性格。

《跳芭蕾舞的男孩》是一部很深沉的影片。深藏不露的一切，正在那所有的不完美之中。波波跟爸爸去探望祖父母的场景使我明白这部电影里其实有值得掘地三尺的寓意和力量——原来，波波的爷爷奶奶都是俄罗斯的犹太人，祖孙三代团聚了。波波的妈妈和奶奶合不来，所以保持缺席，并没有因为电影要结束了强扭在一个镜头里。米卡的父亲站起来说："你终于回来了，你知道，我的父亲，你的爷爷，被逮捕过五次，被判过两次死刑，不过最后都逃过了……"奶奶插话说："好了别说了，米卡，你的人生刚刚开始，来干杯！"奶奶换了件漂亮的蓝花衣服。米卡的父亲问儿子："你有什么计划？"米卡说："有，我想多认识我儿子。"奶奶说："我孙子答应过我，有一天他的名字会贴在大剧院上。"米卡毫不迟疑地说："如果他这么说，那就会这么做。"波波没说什么，他举起酒杯和爷爷奶奶爸爸干了杯。在整部电影里，米卡是第一个站出来相信波波势在必得的人……就在这一刻，你会发现费金家族轻描淡写地交代了不同种族、不同国度、不同年代

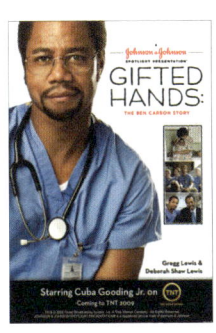
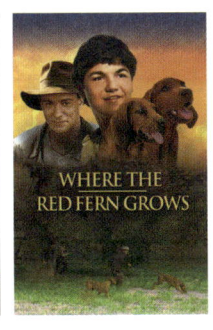

延伸推荐：
《恩赐妙手》
《红色羊齿草的故乡》

所经历的不同苦难和艰难，然而奶奶说："米卡，你的人生刚开始。"在费金家族里，代替抱怨的，是代代相传的信心和爱。并不完美的奶奶，虽然与波波妈妈合不来，却一直用收留孙子过夜来表达对儿媳妇的接纳和支持。真实的生活都不完整，但真实的爱，可以镶嵌在其中。不完美，却刚刚好。

长大后的波波是位成功的企业家，作为芭蕾舞剧《睡美人》的演出赞助商，他的名字真的被贴在了大剧院上，就像波波跟奶奶说过的那样。米卡·费金的话真的没有落空，他相信儿子怎么说，就会怎么成就。

天下父母，在看到别人家孩子的脸庞时，一定有过对自己儿女的无望，因为他们自以为了解儿女的真相最多。

玛亚的深思

1
有什么事是我一直想做，却没条件实现的？

2
我真的了解自己吗？我知道自己真正的热情所在吗？

3
支持孩子，是孩子最容易收到的爱。

4
波波对父母充满了善意的理解意愿，我也愿意这样看待自己父母的不容易……

完整的约束

《老人日记》
导演：Bernard Émond
编剧：契诃夫 / Bernard Émond
主演：Paul Savoie / Marie-Ève Pelletier / 玛丽-塞雷斯·福廷 / Ariane Legault / Patrick Drolet
类型：剧情
制片国家 / 地区：加拿大
语言：法语
上映日期：2015
片长：81分钟

尼古拉可能被许多人羡慕，如果你曾在路上遇见他，会看到他每天都穿着体面，拎着大大的牛皮公文包，走在同一条路上去大学里授课。他的气质、风度经由四十年的学识塑造得令人肃然起敬，然而，那条他已经走了四十年的路，要结束了……那条路，并未因他的学术威望和好名声、各种奖项和他的重要性而为他延长走下去的可能，他一向信奉和最热爱的科学，证明他还能再活一年。

尼古拉就此意识到，世界并未因为将要失去他的存在有什么不同：讲台上会有比他年轻强健的教授代替他，比如他女儿卡迪亚的男朋友那样口齿尖利的教导者，充满了对社会的憎恶、抱怨，没有真才实学却以冷嘲热讽为傲；好天气、湖水、天空、树木，将一如既往地美丽宁静，风景不会因为他将缺席而变化，他的妻子还会来湖边，跟邻居聊天；唯一会因失去他感到恐慌的是卡迪亚,他前妻的女儿。深夜的湖边,卡迪亚跑来对他说:"我有一种预感,我好怕你死掉。"

在尼古拉的内心世界里,吕丝和卡迪亚母女是他十分确定的拥有,对吕丝的一见钟情、向吕丝求婚的细节、家庭生活的温馨、卡迪亚对他的信任是他回忆中比重最大的部分,甚至在自己被死亡的恐惧压得透不过气时,他能想到的去处就是卡迪亚那里。

吕丝去世之后,尼古拉成为卡迪亚心里唯一的亲人,虽然有过因尼古拉再婚的疏远,但他们彼此的信任和了解使他们相互依赖。当卡迪亚在欧洲失意自杀时,尼古拉去把她接了回来,病床上父女的拥抱、患难中的投靠让他们之间有了长久的心灵感应和默契……与此同时,尼古拉与现在的妻子和亲生女儿之间却形同陌路,妻子对卡迪亚的不接纳,更加深了卡迪亚对她的反感。卡迪亚成为尼古拉心里真正的女儿,正处于青春期的亲生女儿安,带给妻子的心烦意乱把尼古拉推得更远——也许,是让他找到了离她们更远的理由。尼古拉没让现在的妻女分担他生命的感受,当然,妻子对卡迪亚的拒绝很不智地使他们夫妻之间有了隔断的墙。当夫妻不能接纳彼此的全部,也意味着不可能得到彼此的全部。尼古拉的修养,就像他的科学成就那么成功,面对妻子的絮叨、抱怨、与女儿的争吵,他的应对是彬彬有礼的:"你妈妈讲的是对的。"他不参与女儿的成长,也不对抗妻子的不满,他只是在心里说:"她们发生了深刻的变化,变得如此陌生。"但已

经太迟了，他很清楚自己让家人受了委屈，所以用言听计从让妻子开心一下……尼古拉发现自己的冷漠让灵魂瘫痪，他对于妻子和女儿来说，早就死了。

对卡迪亚来说，他是活的。他们彼此都能表达对彼此的感受，在生命快走到终点时，尼古拉向卡迪亚提及最多的就是要她继续工作……在说服卡迪亚时他也是在说服自己，为工作成就付出一生是值得的，是正确的……"别向我说教。"卡迪亚用一句话堵住了他最后一次的劝导。直到尼古拉发现，卡迪亚需要的不是工作，而是灵魂的平和及生命的幸福感。他为自己比卡迪亚活得幸福忏悔，他为自己没有让家人幸福忏悔。当卡迪亚想要改变消沉的生命状态，真的来询问尼古拉她该怎么办时，尼古拉没有再说你要去工作、发挥你的才华之类的劝诫，因为，他已经明白那让他功成名就的人生不会带给卡迪亚满足。

"帮帮我,要说谁能帮我,就是你了,你是我的父亲、朋友。"

"但我能说什么呢?"

"告诉我该怎么做,你活了这么长……"

"说实话,卡迪亚,我也说不出什么……我活不了多久了。"

卡迪亚抱住尼古拉,这对共过患难的父女,活了很久的父亲和尚未衰老的女儿都感到了生命的痛苦和苍茫。天地之间,他们如此渺小无助,皑皑白雪,很快就会淹没他们相逢的痕迹和诀别的脚步……正如他们生命中发生过的一切。

没有找到答案的卡迪亚走了,尼古拉还没来得及问她是否会回来参加自己的葬礼……卡迪亚不明白尼古拉为何不再振振有词地指引她了;她不晓得尼古拉刚刚发现了自己所错过的生命的本质,那是尼古拉无法用"你得去工作"这么简短的介绍来说明的。尼古拉终于发现那更宏大、更强的、能使人生更完整的约束

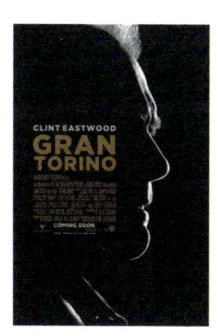  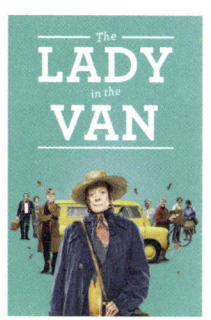

延伸推荐:
《老爷车》《骡子》《住货车的女人》

元素是他错过了的,那是能使一切的偶然变得平衡、不会让他因疾病失衡跌倒的力量,这大概就是尼古拉对自己将死似乎有种难以启齿的羞惭的原因……面对卡迪亚的求助,他哑口无言,他想说缺失了那更宏大的元素,继续去想该怎么办是无意义的,但是一生的教训,正和着悔恨堵在他胸口,他该从何说起?尼古拉多么后悔没有把他偶然遇到的幸福、持守一生的事业、家庭,还有他心里的宝贝卡迪亚都带进他所错过的生命本质中,只有在那里,缺憾能被修补,偶然会成为永恒,他不会突然感到生命戛然而止、无路可走……就在尼古拉独自铲雪时,一阵悔意涌上心头,那是他寻索出来的答案。这时,卡迪亚快来了……影片虽然结束在卡迪亚冲动的告别里,但前面铺垫出来的父女之间的深情,仍旧给人盼望,我相信尼古拉会告诉女儿们他对自己人生的总结,我相信他不愿意女儿们重蹈覆辙。

玛亚的深思

1

从尼古拉和养女的感情里,我发现内心相通和彼此契合比血缘更让人亲近。我愿意更多地在心灵层面与家人相交相通……

2

包容是为了表达爱意。隐藏不满并非包容,反而会引起疏远。

3

希望自己回望人生时,没有尼古拉的遗憾……

找回遗失的美好

找回遗失的
美好

《回忆》
导演：让-保罗·卢弗
编剧：让-保罗·卢弗/大卫·冯金诺斯
主演：米歇尔·布朗/安妮·科迪/
Mathieu Spinosi/尚塔尔·罗比/William Lebghil
类型：剧情/爱情/家庭
制片国家/地区：法国
语言：法语
上映日期：2015
片长：94分钟

九月下旬，去上海参加国际面料展。今年春夏的那一次取消了，只剩秋冬展。

巨型展馆从一号到八号，我右手的拇指、食指、中指在揉捻了熟悉的、新鲜的各种材质之后，指尖照例粗糙起来，倒刺像发出的细芽布满指肚，即使涂上厚厚的手霜，摸到细腻面料时，自己都能听到清晰的摩擦声。晚上入睡前，必须在脚底喷正骨水缓解双脚的疼痛。每当这时，我就知道，面料找得差不多了……

终于，次日午后坐在一家不小的面料展位里稍事休息，一边和同事冲泡代餐奶昔，一边翻看着各种类型的色布。显然，这是家不年轻的公司了，许多图案是二十多年前热销过的经典，看地址：南通。心里就一软，每次遇到南通的面料都很想订一些，但成功率不高。于是与在吃泡面的南通老乡聊了起来，聊得很通畅，就是没提面料。继续向前走时，同事Sue问了一句关于我爷爷的事，可能她听到了谈话。突然，就在那偌大的展厅里，我的眼泪夺眶而出，哽咽着不能清楚地回答……

我知道，我已经没有了在地上的故乡，那里只是爷爷奶奶落叶归根之处，我曾带着儿子陪爸爸一起回去看过爷爷的墓地。因为土地的征收，爷爷从自己选定的墓地被移到了村里的公墓。留在记忆中的，是我站在爷爷的名字前，心里软弱的无能为力和生痛的伤感。最后的那点坚持，就是不忘记有意无意地在儿子面前提及我们曾在1999年一起回过老家，告诉他如果我的爷爷看到他，会多么喜欢他，因为爷爷非常宠我。我一直为外公外婆的早逝遗憾，多亏母亲常常把自己父母的事情当故事讲给小时候的我听。许多次面料展后我都喜欢在上海国际饭店住一天再回深圳，因为外公从前每次去上海都会住那里，妈妈曾在那儿凭吊外公。这回看完面料我再次住进了上海国际饭店，还特别换上照着外婆的遗物做出来的楔跟鞋，那是外公在上海鹤鸣鞋帽店买给外婆的……祖辈之于我是珍贵的，他们象征故土，提示自我的起源，还意味着许多神秘的预言……因此，我很喜欢《回忆》一片里祖孙之间的默契和爱意，更爱奶奶在痛苦失落中的优雅和孙子善解人意的温良，是这祖孙俩的情怀使断裂的家族情感继续维系了下来。

导演和编剧都很棒，不急于谴责，也不急于解决，他只是缓缓地打开罗曼一家的人生卷轴，直到完全展开。人生出错常常都因太性急——"20世纪40年代，我和家人因为战争不得不离开只上了一半的学……那真是可怕。"当85岁的玛德琳回忆自己的生命如何被连根拔起、放逐到远方的时候,她正处在再次被拔出、无处安身之境。从这里往回看,她三个儿子是不懂得自己母亲的,只是,他们不自知,他们担虑的是母亲独居无人照顾,去老人院才是妥善安排。

玛德琳是优雅的,当儿子们聚集在她病床前,宣布要她去老人院时,她简单地说:"你们走吧,我很累。"儿子们告辞时,她并没有负气地别过脸,而是有回应地一一吻别。她的平静在孙子罗曼过来吻她时,才分辨得出是万分克制中的,因为只有罗曼亲她时,她才依依不舍地握住了对方的手……然后,玛德琳茫然

无助地看着萧瑟的窗外,窗边放着儿子们送的鲜花。丈夫刚刚去世的她决定以妥协来成全儿子们的决定,毕竟,那是萧瑟中唯一的色彩。

玛德琳给自己化了精致的妆容,穿着白色卡丁衫和灿烂的小碎花衬衣,静静地等待着被送去敬老院。她用体面的姿态配合儿子们的决定,又用对米歇尔幼年时的可爱回忆,维护着对儿子们的情感,这是她内心的优雅……出门前,她回头深深地凝视自己的家,没想到这竟是最后一瞥。不敢想象,如果她知道那放着老伴拖鞋的家会消失,她还会同意去敬老院吗?

想起自己当年要在深圳安家,父亲主动提出把他和母亲的房子卖了让我更轻省……当我们收到所有他寄来的包裹时,还笑他为何保留那么多陈旧多余的东西,父亲没有争辩,只是叹了口气说:"那是我住了四十年的家啊。"我无言以对,心里仿佛扎进了一根针,扎得很深,至今都痛……做父母的,一心成全儿女,奋不顾身;做儿女的却只管前面,常常忘了回头看看。唯一可以补救的,就是永永远远守护着父亲,在他身边。我常对父亲说:"爸,我就是你的产业。"

玛德琳生日那天,三个儿子带她去好餐馆吃饭,她快慰地谈笑风生。也许她很开心,虽然不能住在家里,但儿子们并没有忘记她。她开始在敬老院房间里种花,放上小摆设,也装饰起原本千篇一律的墙壁。她积极地适应并不情愿的生活方式,努力地挖掘新意,努力地不抱怨、不挣扎。她和罗曼并排坐在走廊里,兴致勃勃观看着颇有歧义的油画，幽默、豁达，这也出于玛德琳的优雅。本来，她可以就这样过下去，直到她发现邻居家的男人站在她家的窗里……她再也没有家了，这，尖锐地戳到她七十多年前的隐痛和恐惧——失去家园。

离开，是玛德琳儿时经历失去家园的被动反应；七十多年后，再次失去家园，使玛德琳自然回到过去的反应里，所以，她不告而别。

流离失所，其实是全人类的经历，唯一能与之抗衡的就是家园的完整。家在哪里，哪里就可成为归属之地，移民到多荒野的地方都没关系，只要家人都在身边……

孙子罗曼，是家里唯一对玛德琳用心的人。他领受了爷爷奶

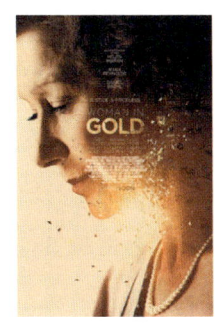

延伸推荐:
《金衣女人》
《45年》

奶的爱,他用敏感的心体会并回应着他们的爱,虽然在形式上会失误,比如参加爷爷葬礼却走错了墓地,但他的心却是老人真实的慰藉。儿子米歇尔在形式上似乎都没错、都到位,但是他的心已经失去了爱父母的敏锐和理解力,他的重点只是解决问题。他知道母亲爱音乐,但从不关心爱的是哪一类音乐,从形式上他为母亲打开了音乐,但形式的正确却暴露了他对母亲的一无所知。所以,他害怕单独面对母亲,总拉上儿子罗曼。爱,才会让人没有惧怕,爱也会让人有智慧,这是罗曼能找到奶奶、使奶奶得偿所愿的缘由。

孙子罗曼,没有一般年轻人的峻酷、疏远,而是敏感、柔软、善意。他看到了一切,也包容着一切,承受着一切,最难得的是他无形中调和着一切。也许,与爷爷奶奶亲密的情谊和对他们的理解,恰恰塑造了他的性情。

爷爷去世之后,罗曼第一次去看奶奶时,进门就察觉爷爷的拖鞋还在老地方。于是,他耐心地陪伴奶奶回想往昔……爱老人,绝不是一件麻烦累赘的事；爱老人，是温情的预存，是记忆的资源，是人生的启迪，是一生长久的祝福……罗曼从爷爷奶奶那里提早懂得了家园的宝贵，不动声色地帮助了情感飘摇中的父母。他对父母的理解与爱，并不比对爷爷奶奶的少。罗曼对家人的爱与理解，使心酸的故事有了几近完好的结局，并且充满了新的盼望和令人欣慰的反思……真的要为编剧的优雅鼓掌。导演也是编剧之一，并且客串了影片中旅馆的老板，那个因想念国外的儿子而善待罗曼的男人，他很有创意地弥补着人生的缺陷……

中年人，是家族里重要的角色，是很辛苦的，就像米歇尔。中国的中年人更不容易，要承担照顾上一辈和下一辈的任务。不过，人生并非看任务完成的好坏，内外交困其实是时断时续的正常生态。好人生就是不遗失从前的美好，并且有灵感解决僵局，有爱堵住破口，最后，得以传承。

玛亚的深思

1
有一天，我也会很苍老。我希望家人会喜欢有我在的家……

2
玛德琳为何不愿意去老人院？我愿意在老人院度过最后的季节吗？

3
为什么影片中儿子与母亲的关系不如孙子与奶奶那么亲密默契呢？

4
回顾玛德琳的孙子为奶奶所做的一切，我是否能明白老人内心的需求？

艾玛是怎么病的

艾玛是怎么病的

《母女情深》
导演：詹姆斯·L.布鲁克斯
编剧：詹姆斯·L.布鲁克斯
主演：雪莉·麦克雷恩/德博拉·温格/杰克·尼科尔森/丹尼·德维托/杰夫·丹尼尔斯
类型：剧情/喜剧/爱情/家庭
制片国家/地区：美国
语言：英语
上映日期：1983
片长：132分钟

《母女情深》在第56届奥斯卡中拿了五个大奖，最佳影片和最佳女主角都是它的，照理应该十分精彩。然而，我按捺了好几次，才忍住没关掉不看，因为剧情发展到一半了，我仍在怀疑自己的选择是浪费时间，它给我的感受就是看到了一个烂掉的甜苹果……

在我心里，有一种热爱，远超过写作和时尚，那就是——意义！故事可以悲伤，但不能悲伤得没意义，《母女情深》最成功之处就是在电影的前半部拍出了毫无意义，在后半部让你泪如雨下地看到意义……

母亲叫奥罗拉，女儿叫艾玛，寡居的母亲带着女儿艾玛、女佣罗西住在有英式后花园的漂亮大屋里。大屋里有雷诺阿的名画，是母亲给女儿积存的财富；可惜，长大的女儿对这一切没有兴趣，让她有激情的就是让母亲反感的那一切，她以为这样才是真正的自我……

艾玛长得很漂亮，但是形象却十分糟糕。她的举止很夸张、坐相难看、语气缺乏约束、穿着没品位、情感不懂节制，即使在亲密时刻也不性感，因为她一直在打喷嚏擦鼻子……为了反抗而反抗，让艾玛活在并不适合她并让她过敏的人生里而不自知；为了反抗而反抗，也让艾玛活在某种刻意的随心所欲里，结果变成一个亢奋和生气的女人——这就是艾玛，淑女奥罗拉的心肝宝贝……为了反抗而反抗，即使远离母亲，她也完全不使用母亲的生活方式和智慧，宁可让杂乱和无序成为风格，奥罗拉的气质在

她身上毫无痕迹。直到在纽约与成功的女精英共进午餐后，从未做过职业女性的艾玛突然跳出战壕，跑到母亲的阵营里去了——"两个小时的午餐，就有两人告诉我她们堕过胎、三个人都离婚、有一个几年不和母亲说话、还有一个把女儿放在寄宿学校就因为她工作要出差……如果这些适合作午餐话题，谈论我的癌症有何不可？"

古典的英国人，会把在社交时提及裤子都看为语言的不雅。艾玛虽然对母亲叛逆，但耳濡目染给她的内在教育却深远得让她浑然不觉。当艾玛和几位成功的女精英共进午餐时，她惊愕于午餐话题毫无界限的尺度，我们发现原来艾玛会在意对待孩子和母亲的态度，会对堕胎和离婚震惊……当艾玛惊诧于一个开始烂掉的世界时，终于体会到自己真正崇尚和向往的是传统价值观的主张，只是，她不晓得自己也是世界腐烂的一部分了，因为她曾经欢迎腐烂的细菌降落在自己身上……

如果艾玛早一些明白自己对家庭、孩子、丈夫的爱竟然使她可以忍受拮据、劳累并饶恕丈夫，也许她会听从母亲的劝诫，对自己的选择更为谨慎。但是，母亲不喜欢的，肯定就是最适合她的——这已成为她的标准，她只能无意识地带着这隐秘的价值观活在一个放任肆意的世界里，没有察觉自己的身心处在畸形的扭曲中……拥有雷诺阿名画的艾玛，竟然会因区区几美元对图谋不轨的男人动情，她内在不仅贫瘠而且已经失控——"Now！Now！！Now！！！"她对长子汤米怒吼的丑陋毫不自觉；敏感的汤米催促妈妈快点上车,是为了保全自己能父母双全;他曾带着弟弟远离吵翻天的家门口,不愿人们看到那是他的家……哪个孩子不想要温情而安全的家呢?哪怕被照顾不周,孩子也愿意乖乖坐在自己的家门口啊。

奥罗拉给艾玛的家,从来就是安定的。她高傲、矜持、坚强,甚至不承认自己有生理需要,不准许原有的生活秩序被扰乱。艾

玛不明白母亲为何对她说："你没有对付差劲婚姻的能力。"因为艾玛的成长环境由母亲掌控，没有差劲的病毒，就没有对付差劲的抵抗力。奥罗拉是那种在医院食堂喝杯白水，也会下意识用纸巾擦掉杯底的水渍避免弄湿桌面的淑女，即使刚刚和女婿发生过争吵也不会失去她的好举止；她还会把名贵的雷诺阿画作挂到女儿的病房来，让环境更美；但是她却因女儿的疼痛而抓狂，疯了似的要求医院给女儿立刻注射止痛针。是的，唯一可以让她失态的是她对女儿的深爱。可悲的是，这份爱使女儿感受到的就是——"你从来没有对我满意过。"奥罗拉的骄傲，使她不自觉地总想把女儿往她视为最好的模具里塞……"记得找件得体的孕妇裙。"女儿搬家离别时，她说。艾玛装作没听见，她巴不得远走高飞，离开所有的纠正，好让自己显出价值来，其实也是因为骄傲。等病倒，她才看到自己在母亲心中的分量和价值……病房里的母女，熄灭战火，深情相望。在生命的最后时刻，艾玛才明白守护她到底的是母亲及母亲的世界。艾玛和丈夫都承认奥罗拉是值得依靠和信赖的，他们撤销了自己的对抗和逃离，愿意把孩子们托付给奥罗拉，这真是用生命作代价的回归。奥罗拉拖着三个孙辈走进微雨中，相信观众在心酸中都松了一口气。奥罗拉因汤米出言不逊打了他，说："我听不得你说妈妈的坏话。"是的，汤米忘了多年前当他们离开外婆时，奥罗拉曾对只有两三岁的汤米说："你要好好照顾你妈妈。"

除了艾玛的回归，还有意义的回归。玩世不恭的老单身汉加勒特赶到医院来探望奥罗拉母女,是影片意外又感人的一笔。其时他们因性而产生的情侣关系本已结束,但是加勒特的出现使奥罗拉感动万分,她像小女人一样靠在他肩上说:"谁能知道你是个好人呢?"关怀和怜悯使他们的关系也终于有了意义,有了爱的联结。淑女奥罗拉在机场门口对加勒特说:"谢谢你来看艾玛,这对她意义重大,我爱你。"她赶时髦地模仿加勒特在大庭广众之下做出的亲昵举动,虽然那动作一点也不适合她,但是她使那亲昵改变了意味——那是1983年的美国,性开放、嬉皮士、毒品已经大肆侵略保守主义生活,《母女情深》显然在反思新旧价值观的交战。加勒特的探望似乎在表达:人可以玩弄人生获得快感,但无法因快感收获关系和感动。只是,这样的反思,对当时的美国已经回天无力。时隔十三年后拍的续集《亲密关系》证明了这点,摧毁比建造容易。

我更愿意让《母女情深》的结尾停在艾玛的葬礼之后。她虽离世,但其他人都回家了,所有人都聚集在奥罗拉的花园里,所

延伸推荐:
《母女情深》(捷克版)

有人都衣着得体,包括汤米,忧愁内向的他终于愿意去隔壁的加勒特家看看……奥罗拉抱着艾玛的幼女,微笑着,她曾说孙女长得很像艾玛……一切,仿佛重新被建造了起来。

玛亚的深思

1
奥罗拉的掌控风格使她反而失去了话语权。当她愿意改变,才产生好的效果。即使动机是好的,风格也得健康才行。

2
奥罗拉的强势使她的爱给人以压力。

3
奥罗拉的坚持里,有哪些可学习的美好原则?

你是我所有的色彩

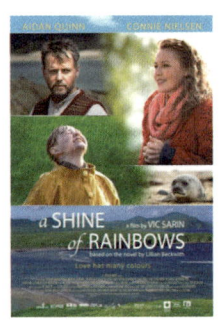

《彩虹照耀》
导演：Vic Sarin
编剧：Vic Sarin
主演：Connie Nielsen / Aidan Quinn / Niamh Shaw
类型：剧情/家庭
制片国家/地区：加拿大/爱尔兰
语言：英语
上映日期：2009
片长：101分钟

当我为了书写，要再看一遍《彩虹照耀》时，我发觉自己需要某种勇气才能再次面对这个故事。

没有牺牲，就没有成全。然而，我们是如此需要那个愿意为我们牺牲的人不要牺牲……

尽管做了心理准备，我还是在汤玛斯哭喊着不让妈妈走时心脏收紧发疼，泪如雨下。眼睁睁地失去母亲，汤玛斯的悲伤，我感同身受。

"妈妈，你为何选我？"汤玛斯曾这样问梅尔。

"我们不是选择了彼此吗？"梅尔说，"因为，我爱你……"

"可是，你都不认识我。"汤玛斯的勇气在于他敢于追问心灵深处的答案，没有多少人敢寻求自己的价值，更何况，他是在孤儿院长大的。

"我在孤儿院时就像你一样……一直没人选我，直到我长到16岁离开，没人愿意花时间认识我。"那一刻,梅尔少有的不带着笑说话。

人能一眼认出自己的同类,尤其是痛苦的同类。

梅尔说得没错。的确,她和汤玛斯选择了彼此,因为汤玛斯曾在海滩上对梅尔说:"我第一次见到你时,就假装你是我妈妈……"从那天在海滩上开始,汤玛斯称呼梅尔"妈妈",没有羞涩,满脸幸福洋溢……

当梅尔第一次出现时,整个画面有种开始燃烧的炙热:艳蓝色的外套,粉色的围巾,柠檬黄的小夹克,里面一条红黄相间的格子裙,短靴是玫瑰红的,铜红的发色……梅尔侧着头看着汤玛斯,从她内在迸发出来的坚定气息,使她全身的色彩变得安静稳定,她不容置疑的热忱比周身所有的颜色还要明艳动人,那热忱和真

挚不是以释放的形式，而是以某种强大的吸引力，激发出、吸引出人心里的期待、梦想、爱意，它们全部被唤醒、复苏，不再下沉，不再绝望，跟着她一起燃烧、上扬；似乎生命中的失落，都会在梅尔的感染下失而复得，而生命的晦暗，都会化为灰烬。

汤玛斯跟梅尔，没有经历任何磨合，因为梅尔对汤玛斯毫无索取、没有要求，她用完全的接纳和理解力把汤玛斯带进了自己的生命。她是如此温柔，却不孱弱，尽管她患有严重的心脏病；她是如此明亮，却不刺眼，无论她穿得多么鲜艳都显得合情合理；她是如此妩媚，让你情不自禁地爱她，并因爱她更欢乐……梅尔，充满了明媚的女人味，她真的就像彩虹，能让被她拥抱的生命，走出雨季。

梅尔展示的女性魅力，不带一丝的迷惑和私欲。她的心肠、情感是那么纯净，那么细腻慈软。即使对宠爱自己的丈夫，她也不使用任何特权和压力让丈夫"就范"。她总是宽柔忍耐、欢乐、

有创意。唯一的一次生气,是她知道丈夫失信于汤玛斯。她严肃地提醒丈夫:"请小心,不要伤了这孩子的心。"

一个女人的美丽,总会随时间逝去;但一个女人的爱与恩慈,会随着岁月越来越让人无法离开。只要梅尔在,空气中就充满了善意、和睦、美好;无论多么尴尬,有梅尔,场面就能重新舒畅;无论多么为难,有梅尔,就有勇气面对;无论多么忧伤,梅尔总能留一个微笑给你。梅尔给人带来生活温情和生命美感,有梅尔,好像就不缺什么了,正如丈夫亚力克对她的深情表白:"你就是我所有的色彩。"

梅尔永远都像新婚的妻子那么甜蜜。她活得竭尽全力,爱得毫无保留,她和她的气息架构着这个家。当她离去之时,家里所有的装饰都变得没有了生命,而成为亚力克的酸楚和痛苦。他要烧掉代表梅尔的所有色彩,因为他无法承受只有色彩而没有梅尔的世界……这时,他发现了从梅尔那里存留下来的无法烧毁的

那部分——愤怒的汤玛斯站在他面前,指责他不该烧毁妈妈的遗物,并且朝他怒吼:"我恨你,要不是你失约,妈妈就不会带我去划船,她就不会死,我恨你……"悲哀的汤玛斯朝亚力克撞过去,想把他推倒,亚力克震惊地站在那里。他看到了一个勇敢的男孩,一个敢爱敢恨的小男子汉,他感受到了一颗和他同样爱梅尔的痛楚的心……他曾经抱怨妻子选了一个懦弱口吃胆怯的男孩,然而,在梅尔的色彩熊熊燃烧的火堆旁,一个带有梅尔色彩的新生命,一个带有梅尔那样激情的孩子崭新地呈现在他面前,爱得那么热烈、那么不顾一切!亚力克在汤玛斯身上看到了梅尔的生命仍有存留,就在汤玛斯身上,他一定记起了妻子劝慰他的话:

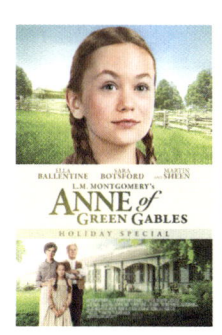

延伸推荐：
《绿山墙的安妮》
《小树的故事》

"你有没有想过，汤玛斯是我们的礼物？"只有上帝知道，亚力克需要什么，他需要一个视他如归宿的孩子，汤玛斯就是。汤玛斯不仅学会了做亚力克最爱吃的炖肉，还学会了梅尔那样细腻的爱、热情的拥抱、无穷的想象、坚定的相信，并且容易快乐……梅尔彩虹般的生命，没有逝去，都在汤玛斯身上复活了。这是一个女人真正的生育，不是用身体，而是用她忘我的真爱。

当影片要结束时，你会欣慰地看到汤玛斯跟梅尔那么相似，他们都能忘记失去的一切，都能快乐地感恩所拥有的。汤玛斯开心地对小海豹说："看到那个男人了吗？那是我爸爸。"他是如此满足和幸福，他的笑脸跟坐在梅尔身边时一模一样，不是因为自己没有回去孤儿院，而是他能为亚力克留下来。他说："他需要我、他需要我……"多想冲进银幕将这孩子紧紧地抱在怀里，他完全脱离了孤儿的生命，而成为一个真儿子。他能领受爱，也能去爱！

不知怎么，突然想起莫妮卡师母曾发给我的一个幽默：两千人参加的语文竞赛，题目：用一句话表达和平、宁静和快乐的意境。有一人脱颖而出，他的答案是："我的太太睡着了。"所有评委感动得泪流满面并拥抱了这位获奖者。

想着这个幽默，就想起当梅尔永远睡着时，丈夫和儿子的悲痛，也想起了有梅尔时他们的满足……

什么时候，女人开始不像梅尔了……什么时候，女人能再像梅尔……

汤玛斯接受了妈妈的逝去。也许，结束看得见的，才会显明生命中永恒的价值和宝贵，至善至美都是看不见的那一切……也许，有缺陷的人生，更能让人超越自我，领受真爱，被生命的彩虹照耀。

玛亚的深思

1

我对自己有孩子这件事感到开心吗？还是只有当孩子使我满意时才会开心？

2

我对陌生的孩子会产生怜爱吗？

3

作为母亲，我是凝聚家人、使人安心的那一位吗？

托马斯·温特伯格要你哭时你就哭了

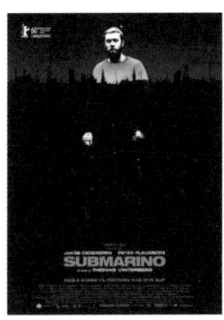

《伤心潜水艇》
导演：托马斯·温特伯格
编剧：Jonas T. Bengtsson/托比亚斯·林道赫姆/托马斯·温特伯格
主演：雅各布·克德格恩/彼得·普劳格博格/帕特里夏/舒曼/海伦娜·赖因科德·纳曼/达尔·萨利姆
类型：剧情
制片国家/地区：丹麦/瑞典
语言：丹麦语
上映日期：2010
片长：105分钟

曾经多么想让孩子出生在丹麦，当我看过丹麦的孩子是如何快乐地度过童年、少年的教育期的某篇报道之后……所以，看完《伤心潜水艇》，我实在被震惊，遗憾到无语。当然我相信丹麦的美好，但是却无法怀疑托马斯·温特伯格镜头里这个伤心的故事，他的语言是如此真挚而又凄凉。是的，只能用凄凉这个词，因为你感觉到里面的光都是冷的，一个永远都处在冬季的故事，就像卖火柴的小女孩，被生命中的寒冷夺走了其他季节。

酗酒的单亲母亲，高大苍白，在电影里只出现了两次。第一次是醉醺醺地回家问儿子要酒喝；第二次是离开家，一闪而过，丢下家里的三个儿子。

长子尼克，大概十二岁。他负责挨母亲的耳光，挡在大弟前面对母亲说："没有酒了，你喝完了"；他负责偷奶粉，放进弟弟的书包里，带回去给摇篮中的小弟喝；他还负责给小弟弟取名字，像牧师一样为婴孩弟弟施洗：在荒凉的家里，他是个当家的。

次子，大概十岁，或者九岁？他负责执行哥哥的决定，比如带走偷来的牛奶、冲泡奶粉。他温顺地绝对服从着哥哥，但是哥哥很看重他的意见，当他翻阅电话本为新生的小弟弟寻找名字时，哥哥听从他的意见。

最小的弟弟，一个那样美的男婴，完全不知道自己诞生在多么悲惨的家里，在镜头里只是对着两个哥哥欢笑，他仿佛是这个家里唯一的盼望，因为他可以让两个哥哥有笑容。

两个小男孩尽心尽力地哺育着小弟弟，但是小弟弟还是很快就猝死在摇篮里……两个男孩的童年迅速结束在此处。呼天抢地的尼克把脸埋在枕头里："No！No！No！"

接下来，他们的成长完全被省略了，镜头直接就剪辑到33岁的尼克——刚刚出狱，住在旅馆。这是托马斯·温特伯格式的剪辑。用不述说的方式向你述说那无以言传的悲凉……也许被寄养，痛失小弟的两兄弟再遭失散，以至于直到母亲去世，尼克才去寻找弟弟的地址。让我吃惊的是，他们烂醉如泥的母亲竟然可以活到尼克33岁这一年，她居然还分到一套房子，以作为遗产。

长大之后的尼克一无所有，他的日子就是去健身房健身，然后再回到旅馆，独饮啤酒。仍旧像囚犯的人生，但他也仍旧像个当家人，毫不推脱地照顾他身边很少的几个人，哪怕是旅馆里那个被他揍过的邻居，他也不忘在走廊里嘱咐对方："本特，把鞋

穿上。"非常不起眼的一句台词。托马斯·温特伯格式的温情都在冰凉的细处。充满体贴,是尼克的善良,甚至对又肥又脏的伊凡——一个满嘴淫秽的旧友、前女友的哥哥,尼克也充满了包容。尼克太孤独了,他的人生仿佛只有这么寥寥无几的几个人……让人心动的是,他仍愿意倾其所有地去照顾这么几个人:先是把遗产都给了弟弟,然后又为伊凡顶罪去坐牢。

托马斯·温特伯格就在此处把故事剪辑到弟弟的命运里。

弟弟得到母亲全部的遗产,因为哥哥说:"我不在意你活得如何，我是为了他。""他"就是马丁，弟弟的儿子，五六岁，跟他们童年时一样瘦弱。吸毒的弟弟经常没有饭给孩子吃，孩子总是说："爸爸我饿了。"但是也说："没关系，我中午再吃。"像父亲一样善解人意。让人心酸的是，这两个长得高高大大的男人，对孩子都是百般温情。弟弟的邻居对尼克说："你弟弟很善良，他儿子小马丁也是。"可惜，拿到钱的弟弟，想为马丁多赚些钱。他用遗产贩毒，很快被抓。

托马斯·温特伯格再次将两兄弟剪辑到一起。隔着一个飘雪的天井，尼克在这边监狱里，弟弟在那边的监狱里，他们终于笑了，他们在苦难中相处过，苦难使他们重新亲近了，他们熟悉这种绝望的气息。

"嗨，老弟。"

"尼克。"

"你看起来糟透了。"

"你还不是一样。"

"你进来多久了。"

"三个星期。"

"我其实很想你。"

"我也很想你。"

"我一直想好好和你说话。"

"我也是。我给你打过电话。"

"你是好大哥，这不是我们的错。你尽力做了，我也是。"

"发生了什么事?马丁呢?"

"我要离开这里了,尼克。好好照顾自己。"

这是弟弟留下的最后的话。

次日,尼克醒来发现自己在医院里,他那只因痛击电话亭而坏死的右手被切除了。我不知道托马斯·温特伯格知不知道"手足情深"一词,因为尼克的弟弟是在同一个晚上在监狱里自杀了。尼克隔着纱布抚摸光秃秃的手腕,眼神平静。他的人生很早就被偷盗一空,还有什么可以被毁坏的呢?尼克也许不觉得失去右手有什么不方便,他不会画画,无人握手,不需爱抚,没有工作,要右手做什么呢?托马斯·温特伯格用极简风格演绎着这两兄弟的命运,在这一刻,你好像看到潜水艇卡在深海的洞穴里了,无

法被救援，甚至不给你流泪的机会。托马斯·温特伯格对这些值得煽情的章节十分挥霍，这是他功力中的过人之处。

尼克被切除的右手证明他是无辜的，他也为着弟弟留下的马丁出狱了。他和马丁在教堂相遇，他们上一次也在这里相遇，那是尼克母亲的葬礼。

"嗨，马丁。"

"嗨，尼克。"

"最近好吗？"

"我不知道。"

"唉，我也不知道。"

"你的手怎么了。"

"被切了。我会没事的，你说呢？"

"嗯。"

"我们能坚持到最后的，对吗？"

"是的，可以。"

马丁不是突然长大的，他早就长大了，但他还是掏出了爸爸给他画的佐罗的记号"Z"，对尼克说："爸爸也有一张，我们可以靠这个找到彼此。"他那么无辜地看着尼克。眼泪，就在这一刹那盈满了尼克的双眼，而我们，也终于哭了。

教堂的风琴尖锐地响起，最后的告别仪式冷落疏远……凄凉的不仅仅是尼克的家，神圣的殿堂也是凄凉的，仿佛那里是代表永远离去的地方……

影片结尾和影片开头一样洁白美好,因为尼克对马丁说:"我会告诉你,你名字的来历。"

于是故事重新剪辑到最开始的那里,两个深爱小弟弟的哥哥郑重地为弟弟施洗,并为他取名——马丁,这是一开始被我们忽略掉、托马斯·温特伯格没有交代的、尼克夭折的小弟弟的名字。

画外音:

看丹麦电影不能不知道《逗马宣言》。

被认为是现今最具原创力的导演之一的拉斯·冯·提尔与托马斯·温特伯格于1995年3月13日在丹麦首都哥本哈根签署《逗马宣言》(Dogma 95),针对现今全球的拍片模式提出反潮流的新概念。三年后，他俩各自带着一部电影《白痴》和《那个晚上》进入坎城影展竞赛单元，而这两部片子都是《逗马宣言》的成果。他们按照自己的宣言拍片，也因此形成自己的电影风格。

《逗马宣言》如下：

1．影片的拍摄必须在实景现场完成，不得搭景或取用道具（若一个特定道具对故事是必需的，则需在道具可以被找得到的现场拍摄）。

2．声音不得和影像的制作分离，反之亦然（音乐除非就存在于影片拍摄的现场，否则不得使用）。

3．必须使用手持摄影机，任何移动或是固定的镜头只允许用手持摄影机完成，不得使用三脚架（拍摄必须在现场完成）。

4．必须是彩色电影，不得使用特殊打光（若是灯光太弱不足以曝光，该场戏就必须取消，最多只能使用附加在摄影机上的单一灯光）。

延伸推荐：
《杰克》
《他们最好的》

5. 禁止使用光学仪器或滤光镜。

6. 影片不得用浅薄的动作填塞(禁用谋杀、武器等元素)。

7. 禁止背离即时性和现场性(影片必须当场、即时拍摄)。

8. 不接受类型片。

9. 必须是学院标准的35毫米底片。

10. 电影导演不得邀功。而且,我发誓作为一个导演我要克制住自己的个人趣味。我最重要的目标就是从角色和场景里逼出真相。我发誓要用一切可用的手段来做到这一点,不惜牺牲任何好的品位和任何美学上的考虑。

有意思吧?你可以很较真地带着他们的宣言看他们的片子,会发现他们很较真;你也可以不理会他们的宣言看他们的片子。电影,最重要的是:去看。

> **玛亚的深思**
>
> **1**
> 家庭问题往往会成为社会问题。母亲的失职,父亲的缺席,是孩子最大的生命悲哀……
>
> **2**
> 我愿意成为陪伴孩子长大,并给他们安全感的父母吗?我愿意去爱尼克、马丁这样的孩子吗?
>
> **3**
> 从尼克兄弟的遭遇中,我发现经济条件并不一定是孩子幸福的保障。

儿子的心

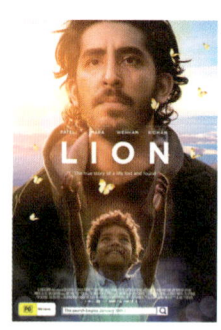

《漫漫回家路》
导演：加斯·戴维斯
编剧：萨罗·布赖尔利/卢克·戴维斯
主演：戴夫·帕特尔/鲁妮·玛拉/大卫·文翰/妮可·基德曼/桑尼·帕沃
类型：剧情
制片国家/地区：澳大利亚/英国/美国
语言：英语/孟加拉语/印地语
上映日期：2016
片长：118分钟
又名：雄狮

从蓝天绿海的澳大利亚，到逼仄飘摇的印度乡村，男孩Saroo的漫漫回家路走得险象环生，结局却温暖、慰藉人心。Saroo的母子之情、手足之情虽直锥肺腑，但最使我灵魂颤抖的是Saroo的心灵、Saroo的性情。Saroo，他实在实在实在，有一颗儿子的心。

有儿子的心，才能做儿子；有儿子的心，才能叫儿子。

Saroo做亲生母亲儿子的时日短暂得不足以记住自己的村庄、城市，甚至自己的名字都是记错了的。但是Saroo无论在哪里，都有一颗儿子的心：有温度、有回应、善意积极、乐意和睦、能爱、能交流……儿子的心，能够涌出许许多多打动他人的特质。

最让我心怦然的是Saroo在街头流浪，坐在尘土里，观看对面餐馆的玻璃窗里用餐的男青年。他没有因自己的饥饿而垂涎，也不因自己的孤苦伶仃而仇富，更未因自己的卑微而感到羞耻、漠然……他掏出不知从哪里捡来的汤匙，学习用餐的男青年喝汤的模样，用他热情的眼神和纯洁的笑脸与玻璃窗里的陌生人交流……Saroo啊Saroo，他这一刻的笑脸与他拿着一枚水果送给在采石场做苦力的母亲所流露的笑脸，是一样的。谁能抵挡这赤子的小心肠啊！他因着与陌生人的眼神交流，得以远走高飞；这一飞，正是为了二十多年后能踏上回家的路。回味这一刻——即使坐在肮脏的地上，他的精神仿佛仍在告诉自己和所有人：我是妈妈的儿子、哥哥的弟弟，我是有家的真儿子，我只是迷失了，我不是孤儿！

一个心里没有家的人，就是孤儿；孤儿的心，即使父母双全也能抹杀掉所有亲情和人情。

一个真儿子,散发的总是有热度的真情。

当 Saroo 飞到澳大利亚养父母面前时,他的聪敏当然会告诉他这一对金发碧眼的白人永远都不会变成他的亲生父母,但是他却立刻用热忱回应了他们的爱和接纳——"胡椒",餐桌上他看到养父放下胡椒瓶时,发出了他到家的第一声,虽然知道自己未曾掌握这个单词的标准发音。旋即,他又发出了第二声,"盐",他用探寻的大眼睛,勇敢地迎接着浴缸外注视着他的养母充满爱意的双眸。因为做过真儿子,就认识爱、认识软弱、认识给予,也就能够接纳爱,并且善良地回应他人的爱。儿子的心,愿意去爱。

"妈妈,你准备好了吗?"仅仅一年,Saroo 就可以那么自然地在沙滩上与养父母快乐相处。使 John 和 Sue 这对夫妻乐融融的Saroo，很快就使他们决定再收养一个印度孤儿——为了让Saroo有个伴儿，也因为Saroo与人太亲了，他们以为所有孤儿都像Saroo……

当Saroo和养父母在机场等待新的家庭成员到来之时，毫无嫉妒和不安，他像所有那个年龄的孩子一样，画了一幅全家福："这是爸爸，这是妈妈，这是我，"然后指着纸上的飞机说，"这是Mantosh。"

假如Mantosh和Saroo一样，有一颗儿子的心，John和Sue的快乐将是倍增的快乐。然而Mantosh和Saroo刚好相反，他永远都是一颗孤儿的心，无论John和Sue怎样拥抱他，他都不能平静地接受自己的命运；即使命运好转了，他也不能停止痛恨和怒吼。也许他的经历比Saroo要悲惨，但John和Sue也给了他更多的拥抱抚慰，为他付出了更多的精力和泪水。但是，他就是无法接受爱、无法解冻、无法忘怀。孤儿，永远都在舔舐伤口，不肯愈合。

Sue在深夜里独自流泪，为Mantosh，安慰她的却是善解人

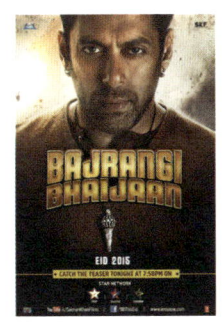

延伸推荐：
《小萝莉的猴神大叔》

意的 Saroo。他轻轻地出现，慢慢地走过来，拥抱妈咪，并为她擦泪，使她笑……

二十年后，Sue 对 Saroo 说："你走进我们的生命，使我们得到的比我们希望的还多。"

Sue 要求保留 Mantosh 的餐位，餐具一应俱全，但是那个儿子就是不出现。

同样的家，同样的父母，不偏不倚的付出，两个收养的印度孤儿，一个英俊潇洒、前途无量，一个颓丧晦暗、继续沉沦。

孤儿的心灵充满了孤独、苦毒、愤怒，他们行为的底蕴是报复之心，天天都想还击消失在时光中的命运，却又软弱得伸不出拳头。Mantosh，直到影片结束也未改变，虽然他和 Saroo 拥有的看起来一样，但他就是不愿像 Saroo 那样做儿子。孤儿的心灵，成为他一生的漏洞，不论拥有多少，都会流失殆尽。

寻得失而复得的回家之路固然无比珍贵，拥有一颗做儿子的心才是命里的关键。不是找到父母，才能做儿子；而是用儿子的心，在世为人。

玛亚的深思

1
通过对比 Mantosh 和 Saroo，何谓儿子的心？

2
从 Sue 与 Saroo 的互动里，是什么让 Saroo 真心爱 Sue 这位母亲？

3
我对自己的父母是否有一颗真儿女的心？

请在灵魂苏醒之后再吻我

她所完成的看见

《永恒时刻》
导演：扬·特洛尔
编剧：尼克拉斯·拉德斯特罗姆
主演：玛莉亚·海思坎恩/米卡埃尔·佩斯布兰特/阿曼达·奥慕斯/加斯帕·克里斯滕森
类型：剧情/传记
制片国家/地区：瑞典/芬兰/挪威/丹麦/德国
语言：瑞典语/芬兰语
上映日期：2008
片长：131分钟

婚姻可以开始得很快乐，快乐是吸引人的，它还擅于为许多沉重的代价牵线引路……它同样也为玛利亚和西格做媒，成就了他们的婚姻……要小心快乐。

没有比西格更会跳舞的男人了。他英俊高大，会用碧蓝的双眼毫无顾忌地盯着舞伴，仿佛对舞伴倾心不已……孔武有力的西格，在靠体力谋生的当时，总能轻而易举地找到工作，他可以选择的新娘也很多，但他娶了玛利亚，虽然起因似乎和一部叫"伯爵夫人"的相机有关，但更多的是玛利亚对他的爱恋，她先开了口，西格就答应了。这是西格的聪明，还是他的无所谓？不过这是玛利亚的勇敢，也许，西格看上了这个敢于嫁给他的女人的勇敢，当玛利亚抬头仰视他时，他找到了感觉，有快乐也有温度。西格是一个为此刻而活的男人，他娶的女人，却是一个为永恒而活的人。

玛利亚与西格跳舞时笑得最灿烂,但并非她一生里最美的样子,她最动人心魄的模样,是她为人母之后,作为拉森太太的种种瞬间,那些稍纵即逝的刹那,一次又一次地抓获人心,为她冲洗出一个充满力度、坚韧清晰、难以忘怀的形象……正如她看到的屋檐上垂挂的冰凌,那是她用心灵的快门拍下的第一张影像。

熨烫得有些僵硬却清洁的小桌布上干净光洁的茶具,迎接着长女玛雅最爱的老师奥斯特太太的家访,她和女儿素朴的布衣袭被精致的手工蕾丝点缀得很体面,家里一尘不染,经得起老师的巡视。虽然,无论从哪个角度看,玛利亚都与"漂亮"二字无关,但是她的每一个动作、举止、神情,都让我动心。她是如此专注、竭力,打点出一个安静温馨的家,如果西格不回来的话……家里的顶梁柱带着酒后的疯疯癫癫出场了,整个家就开始摇摇欲坠。在老师惊愕的眼光里,西格歪在木椅子里,他面前的桌上是妻子种植的一小盆植物,绿得那么单薄瘦弱,仿佛揭示着和西格在一起生活的艰难。

阳光下的起舞,既然是生活中的稀有物,就总得有别的来代替西格的快乐——要么酗酒,要么女人。他喜欢热度,而酒精和寻欢作乐都给了他这样的感觉……要小心感觉。

玛利亚对西格的要求十分简单:"别再喝了。"

当西格对妻子说"我一滴酒都没喝"时,玛利亚满足地笑了,温柔地给丈夫刷着脊背。烛光里,长女玛雅幸福地看着父母亲吻,安心地睡去……当西格拉着手风琴和孩子们歌唱时,玛利亚毫无怨气地微笑着熨衣服。赤膊着的丈夫等着妻子把衣服熨好,西格的背上是一艘风帆饱满的船……当西格在戒酒协会流下一滴眼泪时,坐在他前面的玛利亚脸上充满希望之光,她不是贪婪的女人,这已能使她满足。事态,似乎就此得到了控制。

是负伤的人可怜呢?还是伤人的人可怜呢?

"嗨,你想喝点酒吗?"枯燥繁重的工场,有人对西格发出邀请。

西格仰起脸,循声望去,那凶恶的试探带着快乐的滋味扑面而来,夹杂着纷飞的小雪花。细细的雪花又白又脆弱,就像西格的誓言……西格仰着的脸,那么干净,那么好看,充满了孩童般的向往。我看到了他的可怜:一个毫无防御能力的人,再次拥抱

了自己的软弱。

接下来,玛利亚带着四个孩子和半张肿歪了的脸回到父亲家,渴求病危中的父亲收留他们。

"爸爸,我不能再和他住了。"

"好好想想,玛利亚……你应该和西格相守在一起,直到走到生命的尽头……"雪飞如絮的黑夜,玛利亚带着四个孩子返回家中……她,在这一夜结束了所有关于女孩的旅程,父亲最后的训诲之所以成为她的准则,是因为在那之前她就有敬畏之心。她在分量稀少的晚餐面前,仍旧会带着孩子们感恩;她在惊惶的玛雅睡前为她祈祷。醉酒的西格常常沉溺在生命的昏暗中,玛利亚就像照在他生命中的光。惋叹的是,西格从不审视自己的内心,哪怕他在某夜发现冲洗照片的妻子令他肃然起敬,他也不肯深究一下自己的沉默,因为那是他仅有的一次没有发表自己的意见、没有打扰妻子……直到故事快要结束之前,他都是一个活在看得见的世界里的人,而玛利亚,还有个看不见的世界与她一同呼吸。

佩德森先生和玛利亚是同属一个世界的,他们都会把握那些手抓不到的、也相信用眼睛看不到的世界。当佩德森用镜头让蝴蝶出现在玛利亚手心时,她无名指上的婚戒是那么刺眼,但玛利亚还是握着蝴蝶回家了……令人感动的是,佩德森是真正的绅士。难堪的金钱讨论、不好启齿的婚姻失败、他人的患难……佩德森都能处理得体面、智慧、幽默。尤其是每当他要给恩惠与玛利亚时,都是用婉转而又恳请的方式,仿佛是他有求于玛利亚。他顾及玛利亚的尊严之时,也成就了自己的绅士风度。他用最体面的方式让玛利亚走进了影像的世界:"如果你能给我五分钟,我就能教会你使用它。"真爱摄影的人,才会渴望带人进入光与影的世界,何况,佩德森发现了玛利亚的摄影天赋。

"我可以留下这张吗?我要是拿了这张照片,我俩的账就清了。"佩德森毫不掩饰他对玛利亚摄影天赋的惊叹与欣赏。当玛利亚因为对幺儿艾瑞克心怀愧疚不想再摄影时,佩德森说:"我们来喝杯咖啡,玛利亚,透过镜头你看到了什么?你看到了一个等待探索、保留和叙述的世界。摄影是为了那些看见世界的人,他们不能再视而不见,这是无路可退的……"第一次,你看到这位温柔的绅士内心有挥刀提剑般的斗志与勇力,他用无声的镜头向麻木的世人呐喊,也用智慧的启示挽留住了玛利亚,不再离开那永恒的光。

自始至终,面对玛利亚的无知,佩德森未有任何欺哄、隐瞒。如果把他们的相遇和懂得简单地归纳于隐秘的爱情,是肤浅和狭隘的。他俩都穿越了危险模糊的雷区,没让火花四溅……"玛利亚,认识你是我这辈子最幸运的事。"玛利亚制止了佩德森,献上了敬爱感激的一吻……他们只是让微弱的火花划亮了自己漆黑冰凉的处境,他们都让彼此明确地更好——有时,人会因为自己做对了的事沮丧。他俩都被彼此肯定了,然后,挥一挥帽子,遥遥作别……这还不是玛利亚的纯洁,玛利亚的纯洁是她流着泪说:"我觉得羞愧,因为我不想念他。"这时的西格因为持刀扬言要杀玛利亚待在监牢里,只有纯洁才能让人为暗中的罪羞愧。

这天晚上,玛利亚抱着丈夫的马,良久……她的相机,曾经使他们渐行渐远。当玛利亚抱住西格的马,她开始体会西格的世界、西格的孤独。这时,一扇宽广的门也为她敞开……

众目睽睽之中,被释放的西格回来了。玛利亚主动挽起了他的胳膊,西格看到了自己的儿女,他们仍旧认他。他也看到了他怜恤过的病马,他惊喜玛利亚把它留下来了。在婚姻里,公平绝不是一杆好秤。玛利亚用不公平的方式对待了自己,给对不起自己的丈夫恩情,她并不知道,她给出去的,都将报答在自己的身上。

也许,只有到最后,我们顺着玛利亚独到的眼光和视角,才发现了无助的西格。她终于完成了一个看见,这个看见使西格也真正看见了她。

西格有了自己的公司,用他的马创了业,为玛利亚建立了摄影工作室。他有点害羞地讨好玛利亚:"你觉得怎么样?"说完,不敢直视妻子……这个男人,在越来越羸弱的玛利亚面前,变了。

延伸推荐:
《小好,小麻,佐和子》

玛利亚像年轻时一样,在西格的怀抱里旋转,就如故事开头那样起舞,仿佛他们从未经历过困苦和怨恨。玛利亚笑得灿烂如花,不是因为丈夫,而是因为她自己的生命完成了质变。那份因为西格的魁伟引发的男女情爱,已经转化为她在意志里的决定。真正的爱不是来自感觉,而是一种意志。这种爱,再也不会因为西格的好与坏而改变。这种爱,在感觉的世界里无法存活,但是这爱的决定会让上天把爱源源不断地倾倒下来……西格和玛利亚就这样回到了爱里。这次,不是因为快乐,是因为爱。

玛亚的深思

1
在窘困的生活里,玛利亚以她的奉献精神保全了家庭。我愿意思考一下自己的奉献精神能走多远吗?

2
如果玛利亚的天赋没有被挖掘,她仍是值得敬佩、尊重的。

3
人的潜能不可测度。

人生无常,
但有爱蔓延……

人生无常,但有爱蔓延……

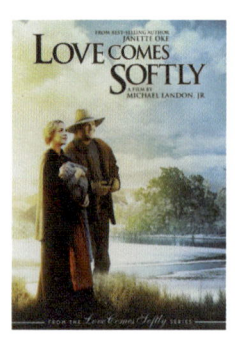

《爱之蔓延时》
导演：小迈克尔·兰登
编剧：Cindy Kelley / 小迈克尔·兰登 / Janette Oke
主演：凯瑟琳·海格尔 / 戴尔·米德基夫 / 丝凯·麦柯 / 巴楚沙·柯宾·伯恩森 / 泰莉莎·拉塞尔
类型：剧情 / 爱情 / 西部
制片国家 / 地区：美国
语言：英语
上映日期：2003
片长：88分钟
又名：爱在春天来临时 / 春天是美好的

"影评、书评我得写在一起了，好难分开。"我对约稿的姑娘说。她不置可否地笑，模糊地应了我，冰雪般聪明的姑娘，那会儿可能正暗自推算我这样写和她们的工作安排可会相称……

《爱之蔓延时》这本书是我在观看完"爱之蔓延"的八部系列影片之后开始阅读的。在观看"爱之蔓延"系列影片之前，我正在阅读乔依丝·迈尔的思想，她有一句话深深启示着我——"要真正认识一个人，就得看他面对一个处境时的表现，看他如何面对试炼，看他不能如意时会怎样。"我想，是因为带着这样的思索，才遇到了"爱之蔓延"系列，它的影片和书籍的情节安排、角色设计虽不完全一致，但影片和书籍秉持的信念、带来的影响力却毫无差别。我不能说更爱电影还是更爱书，因为它们都让我愿意身处其中，与他们一同生活。

因为，无论是影片还是书籍，都有生命在真实回答当人"面对试炼""不能如意时会怎样"这个无法弄虚作假的命题。

电影是视觉的艺术，有戏才动人。影片智慧地修改了克拉克女儿梅茜的年龄，把牙牙学语的婴孩改为伶牙俐齿的少女，使居家劳力的女主角玛蒂与继女之间产生的冲突带出更多爱的挣扎与感动……爱不懂事的婴孩是容易的，爱思念生母、深爱父亲的少女是难的，这种试炼却能更快地逼兑出真爱，在这无血缘关系的母女故事里，真爱就是不计前嫌、不计回报、倾其所有……让人呜咽难禁的是影片结尾玛蒂要回东部时，把自己逝去的母亲留下的项链取下来挂在了梅茜的脖子上，倔强的梅茜楚楚可怜地挽留着玛蒂，伤心隐忍的克拉克无奈地站在一旁……明明知道影片的结局圆满美好，我还是泪如雨下、寸心如割。观影的分分秒秒

里，他们的命运仿佛已与我紧连，他们的欢喜哀恸毫不费力地牵动我心……"她可以问啊！她怎么不问一下克拉克看到她的纸条没有？不可能不问啊！"明明知道结局，明明知道那是电影，我却忍不住向一起观影的理科生抗议，只能解释：我深爱这样的角色，深爱这样的人物，以至于我不想让他们痛苦受煎熬，巴不得他们快点解除误会，快点幸福……我自己也诧异，为何这些故事能使我像个孩子一般心驰神往地入境，也许是因为里面有无常的人生所需的答案，且是安置在日常琐细之中、活出来的答案。

无疑，影片的改动是精彩的。

在书中，克拉克是一位爱阅读的西部绅士，他安静、智慧，有言出必行的好品性，但影片把爱阅读的角色安排给了女主角，并且使这个改动成为八部影片很美的伏笔，他们的后代都因玛蒂的爱书和学识深深获益……因为中文的"爱之蔓延"系列如今只寻得一本，所以，我不得而知系列书籍中后来的情节，但我相信，在克拉克夫妇的家中，无论谁承担这个爱书人的角色，都是整个家族和世代的福气。

影片不好呈现的则是克拉克和玛蒂在彼此心里的渐变，正如书中所言："有某种深刻的东西在两人的心中不约而同地渐渐萌生"……两个完全陌生的男女，在人生骤变中为了应对严酷的现实迫不得已走到了一起，那些微妙的心理唯有文字方能表述，是戏剧冲突无法替代的。从彼此躲避，到默默关注，到最后，"一种陌生的、深沉的悸动在她胸中萦绕——现在她明白了。那是一种渴望,渴望得到他的爱……这一切是怎么发生的——这个爱的奇迹?她不知道。爱只是悄然之间已经蔓延开来……就如同漫长的冬季过后那悄然回归的春天"。读到此处,一种油然的快慰和盼望盈溢心脾——爱情如斯,真美、真好!

是的,这一切是怎么发生的?无论在书籍还是影片中,有一个始终未改的情节,就是克拉克的正直善良。影片第一次打动我的细节,就是克拉克坐在青山之间寂寞的背影……他的温厚、体

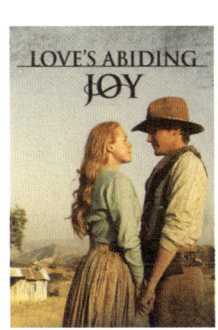

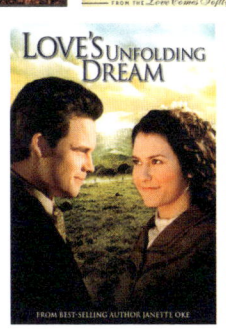

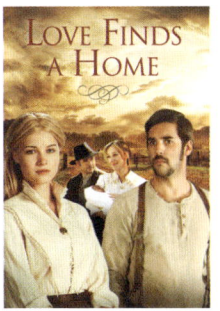

延伸推荐:
《爱的永恒承诺》《爱是漫长旅程》《爱的永恒欢乐》《爱是永恒的传奇》
《爱是梦想的延伸》《爱放飞》《爱的归宿》

贴、正直、果敢、慷慨、无所畏惧,无一不是出自于此。这个耐人寻味的背影,承担了整个故事架构的核心,也诠释了爱之蔓延成为奇迹的因缘。

影片太好,以至于我一度不想让阅读破坏我的观影体验,但当我读完《爱之蔓延时》,我不禁对姑娘们说:"书很好,真的非常好,你们都应该读一读……"何况,书中还有活灵活现的邻居群像,是影片的篇幅无法展示的……我钦佩作者在最素常的生活中对心理活动的捕捉和精准刻画,作者简妮特是牧民的女儿,她的文字有草原般的无拘无束、浑然天成的魅力。

正如玛蒂在书中所说:"生活是由它的亲历者亲手打造的。"观影和阅读的感动及启示,是由它们的亲历者收获的。我爱姑娘们,巴不得我所体验的美好,她们都得到;我们爱大家,巴不得我们的体验,大家也都有,让爱在我们中间蔓延吧……

玛亚的深思

1
克拉克虽然身为拓荒者,却具有绅士精神和风度。真正的绅士与职业、身份无关,是因品格形成。

2
玛蒂是用什么感动并赢得有个性的继女梅茜的信任的?

3
此片并没有罗曼蒂克的温床,只有真实艰苦的环境,却诞生了真切美好的爱情。我发现真正的爱情能经历现实,本身也是现实的。

请在灵魂苏醒之后再吻我

请在灵魂苏醒之后再吻我

《远离尘嚣》
导演：托马斯·温特伯格
编剧：托马斯·哈代/大卫·尼克尔斯
主演：凯瑞·穆里根/马提亚斯·修奈尔/麦克·辛/汤姆·斯图里奇/朱诺·坦普尔
类型：剧情/爱情
制片国家/地区：英国/美国
语言：英语
上映日期：2015
片长：119分钟

（一）

茵茵绿原，白羊成群；山坡圆润，海风清新……没有任何坎坷的先兆，故事起先的安排是圆满的，年轻时相遇在此处，并且无其他闲杂人等，眼看着将有的平顺一生……

然而。

"埃弗登小姐，你愿意嫁给我吗？"

"不，我不愿意。"

对于盖博瑞克，一见钟情这事并非因为青春的冲动，因为那心动的第一眼，虽极具意境，却是遥远的，无关外貌。真正让盖博瑞克动心的是芭丝谢芭·埃弗登小姐与他脚下的土地和生活的规划十分合衬。芭丝谢芭的农活娴熟，无论马、羊还是狗，跟她在一起都是相宜的、美丽的。这是一个牧羊人的妻子，并且，还会是个独特的妻子，生气勃勃……会躺在马背上享受生命的时光。

对于芭丝谢芭,能说她一开始就对盖博瑞克毫无感动、没有期待吗?事实上,她看到他就觉得愉悦,知道他来访就赶紧去洗手,使劲地洗……她甚至期待他开口求婚,她难道没有为这并不准备答应的求婚付出过努力吗?在盖博瑞克面前,她的价值开始觉醒,她要用她的拒绝来证明她的苏醒。所以,她首先会为得到一个拒绝的机会去努力。她成功了,也享受到了这次拒绝。当盖博瑞克对她说:"我有一百英亩田、两百只羊,还完钱就都是我的了,一两年后,你可以有架钢琴,种花养鸟,黄瓜满架……我会永远照顾你。"芭丝谢芭心高气傲地笑着说:"我对你来说太独立了,你无法驯服我,我不想成为男人的财产。我可以做新娘,

前提是不能有丈夫。"盖博瑞克并不为这番特立独行的解释倾倒,他稳如泰山地回应了一句:"都是些疯言疯语。"转身就告辞了:"再见,埃弗登小姐。"埃弗登小姐不知怎么回眸了一下,谁能否认她其实甚为那坚实、宽厚、年轻的背影动心?可憾,俊朗的牧羊人一心想着黄瓜满架的人生,不调情,不周旋,太平实可靠,无法满足她在马背上的白日梦。

(二)

"边牧是智商最高的狗。"这句话在本故事里完全破产。盖博瑞克因着他的牧羊犬彻底破产了。虽然他有体魄当兵从军,但显然他志在"黄瓜满架"的人生……就像有只无形的手,要揭示出盖博瑞克的实力和宝贵,而他的价值正是在他破产之后才一一展示出来。农场灾祸,是盖博瑞克幸福的开始,但这条幸福之路充满了漫长的隐忍与孕育真爱的疼痛。

这是一个踏实能干的男人。一双巧手,一个会思考的头脑,以及很有辨别力的抉择。正如他面对让自己倾心的女人也能做出"都是些疯言疯语"的判断那样,他在命运的坎坷里,一边顺服,一边竭力,每一次都做正直的选择。他救下了芭丝谢芭的谷仓,使她不至于和自己一样破产——只有很多年以后,他才会知道他抢救的是自己的财产;而她,也要到许久之后才知道,她财产的存亡永远不是她能够掌控的。我们永远不知道良善、正直、勇敢、谦卑、顺服的回报是什么，但我们实在应该知道这些品德本身就是生命中永不破产的财富。

一个破产，一个崛起，面对高自己一等、曾使自己挫败的女人，他平静地问："你要雇牧羊人吗？"对土地与生活同样的爱与追求，将这两个年轻人重新连接在了一起。但是，这些都只是他俩故事的正式开始，真正美好的结局，从来不会急躁地降临。

特别喜欢芭丝谢芭走到水渠里，与盖博瑞克一起劳动的那场戏……充满了生命真实的质感和声响，充满了单纯踏实的快乐，他俩都在他们所经营的事上得到了满足……在水花和白羊中，他俩无论是相貌、气质还是本质，都展现出了契合相称的一致性，他们与周遭的人群也是那么和谐动人。但是，人的心，却宁可在

今生的骄傲与眼目的情欲里任意妄为……芭丝谢芭甚至都不在意自己所说的："我挺喜欢他的。"因为，她喜欢的东西越来越多了，包括对自己价值的再次估量。

如果说拒绝盖博瑞克是芭丝谢芭价值的觉醒，那么挑逗和捉弄自己的邻居，那位执着的乡绅，则是芭丝谢芭又一次的自证——除了牧羊人，还有一位拥有一千英亩土地的乡绅也能为自己倾倒……她亲自点火，看到火真的烧起来了，再亲自以冷水浇灭。我曾认识一位女孩，到处点火，以证明自己的魅力。可惜，她没有灭火的能力，不到25岁，死于非命，真正的玩火自焚。

"我觉得尽管我尊敬你，但我并不适合你。"芭丝谢芭拒绝伯德尔德，潜台词仿佛是——你不能吸引我。

"我会保护你，你会有裙子、钢琴……"伯德尔德的承诺就像盖博瑞克的承诺一样是具体的，对一个人的爱都会愿意落实在行为上。

"我有钢琴了，还有农场……"芭丝谢芭笑了。如果说当初拒绝盖博瑞克是因为生命的觉醒，那么她对伯德尔德的拒绝里或多或少都有了恃财傲物。农场、羊群开始腐蚀她单纯的来自生命的清高，以至于盖博瑞克责备她勾引自己并不喜欢的伯德尔德是不得体、有失身份之时，她恼羞成怒，用那被农场主的身份腐蚀之后的高傲责令盖博瑞克离开。盖博瑞克毫不迟疑，天亮就走了。然而，命运再次伸手干涉，芭丝谢芭的羊群中毒，能够解救的唯一人选正是被她斥责离开的男人。但盖博瑞克要求她亲自请求才愿回头,盖博瑞克最为宝贵的就是无论何时何事,他坚持做对的事和判断,他也用这个准则要求芭丝谢芭纠正自己的错误。

"要饭的哪能挑肥拣瘦。"盖博瑞克站在芭丝谢芭面前,扳回了头一夜尽丧的尊严。

"盖博瑞克,请不要抛弃我,我需要你的帮助。"芭丝谢芭放下身段,说了她该说的话。

芭丝谢芭似乎学会了新的功课:财富的觉醒。

可惜,这种财富带来的傲气悄然替代了她生命中与生俱来的清丽自信。

她与盖博瑞克和好,继续经营脚下的土地,田里长的、地里跑的是他俩共同的热爱,当他俩隔桌相望、对视不语时,都享受到了共同劳作的欢欣……可是,那被芭丝谢芭点燃的野火却春风吹又生,竞争者伯德尔德来了。盖博瑞克大方有礼地让出自己的座位,让竞争者尽情表演。他迎战这步险棋,他别无选择。芭丝谢芭和伯德尔德以盖博瑞克所不能的方式合唱,然而,这种文明细节里刹那的交汇,丝毫不能打动芭丝谢芭的芳心。

(三)

当初,芭丝谢芭说:"如果要嫁人,一定要嫁能驯服我的人。"谁能料想,她会嫁给一个用最浅薄的层次来驯服她的男人呢?

芭丝谢芭经历过的两个男人,都用最尊敬她的方式待她,他们欣赏她的独特，包容她的脾性，尊重她的意志，等待她的选择……

特洛伊却从欣赏她的肉体开始，从赞美她的脸，到冒犯她的身体……

盖博瑞克站出来，明确地阻止她："你不该和他扯上任何关系，他配不上你……别相信他，离开他……我在意你是否因他毁掉了自己……"

她却自称发生了"心理历程的变化"，因为，她的身体觉醒了。可悲的是，她的身体没能在爱她的灵魂的男人身边觉醒！难道盖博瑞克没有这样的机会吗？有过，甚至无数次，但是盖博瑞克想要赢得的是她的爱和一生的厮守，在纯洁的动机面前，身体的需求会退居次要。难道伯德尔德没有这样的机会吗？也有，但是节制的乡绅在幽暗的道别中克制了对芭丝谢芭的渴慕……女人若是不明白爱情的本质是属于灵魂的，就无法辨认身体的觉醒与血气的饥渴。芭丝谢芭的肉体在情欲中的觉醒，也将她整个人带到肤浅的境界，就像她自己向盖博瑞克所解释的："我做了每个女人都做的傻事……"是的，她不再独特，因为叫人独特的是灵魂。而她却因为特洛伊说她不如另一个女人漂亮而做了愚蠢的决定。面对芭丝谢芭的新婚欢宴，盖博瑞克没有嘲笑和责备，只是说："去睡吧，我自己就可以了。"每当芭丝谢芭做错事，就有灾难来临……上帝，用一场狂风吹醒了芭丝谢芭。她在狂风中，看到那个被她一再轻视的男人成为她不可或缺的力量……

盖博瑞克继续留在她身边，并非这个女人值得他如此去爱，而是他的爱情如此之好——不离不弃，忠诚守候。

特洛伊，享乐的高手，他对范妮的爱，在他爱着时是不假。他等着娶芭丝谢芭时，那个落寞的侧脸，毫无爱情的喜悦，表明他这么做仅仅出于补偿心理——因为之前在特洛伊与范妮举行婚礼的当天，范妮居然走错了教堂。他一直没有等来新娘，以为自己被戏弄了。他不爱芭丝谢芭，所以芭丝谢芭所有的独特在他心里一文不值。他只是用肉体的征服来证明自己的魅力依旧，当然，他的爱里也只有这些了。他多次为范妮流泪，他也多次羞辱自己的妻子芭丝谢芭，只能说，他正是中国古人所言者——多情即是无情。因为，爱，是专一。

（四）

芭丝谢芭的生命体验带给她的抉择，使她很快就面临要失却引以为傲的一切：如果要保留农场，她就必须选择伯德尔德。她没有了从前的心高气傲，在伯德尔德要向她求婚的舞会里，她看到盖博瑞克与其他女性交谈，她善良地劝他回到她们身边。她的锐气不见了，她开始懂得了盖博瑞克的价值，甚至感到自己配不上他了……"我该如何做，盖博瑞克？"她向这个总是在危难中帮助她的男人发问。"做对的事。"盖博瑞克说。他一直这样，不争不怨，做对的选择，做对的事。他怎么做到的？"我在唱诗班当男低音……"他是一个有真信心的男人,灾难对他最终都会化为祝福。

芭丝谢芭经历了戏剧化的突变和风雨之后,她的灵性终于觉醒。个性少了,变得安静了,宽容了……她的生活恢复平静,农田灿烂,牛羊成群……但是,她在爱情面前沉默了,似乎在反省,似乎在自责,停步不前。

"我说过我会离开的。"盖博瑞克在芭丝谢芭渡过难关之后告诉她自己要走了,他引用了自己在芭丝谢芭面前受挫时说过的一句话,这是一个多么隐晦的提醒,隐晦到芭丝谢芭意识不到这个男人念念不忘对自己的一往情深,念念不忘他们之间所发生的一切,而他,言出必行;所以,不论他多么爱她,他要在她面前做个男人,她得在他面前做个女人。可惜,芭丝谢芭没有体会到,也不敢挽留,因为,她已经没有了挽留的勇气,她自觉不配……她灵性的觉醒带来的谦卑,为她获得真正的幸福做了最结实的铺垫。

盖博瑞克走了。

芭丝谢芭坐立难安。她终于发现,自己的心已经被盖博瑞克无声无息地驯服了,彻底地驯服了。

芭丝谢芭穿上他们相遇时穿的火红色的皮衣,系上曾经掉落在盖博瑞克手里的丝巾,飞驰追赶。这一次,她不再是为了她的农场,而是为了心中的爱……

"谢谢你,盖博瑞克……"她从感谢开始,"全世界都与我作对时，只有你在我身边。我们一起经历了这么多……难道你我不是初恋吗？现在你要离开我了……"

"除非你让我知道你会让我爱你……"这一刻的盖博瑞克，这一刻的这句话，是这么感人至深。这个男人的爱从来没有消失，他在等待她要他的爱！最好的爱，不是平等的交换；最好的爱，是不论你怎样，都不改变，一直等待你接受……

"你不会知道的，盖博瑞克，因为你从来不问……问我，问我，问我……"深情的盖博瑞克鼓励芭丝谢芭回到了青春时的狡黠和生动，她最可爱的独特再次展现在阳光里。这一次，是诚挚

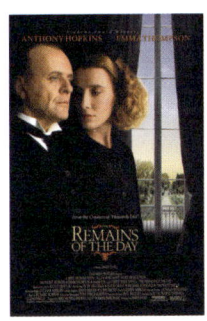
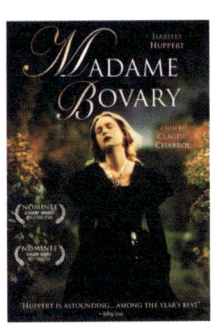

延伸推荐：
《纯真年代》
《告别有情天》
《包法利夫人》
《最后的猎人》
《人生果实》

地、只为一个男人——一个她渴望、她不舍的男人。

盖博瑞克吻了芭丝谢芭,一个历经太多痛楚和深沉的等待之后的吻……好像很久很久没有看到过这样动人的吻了,尽管电影圈已经毫无尺度,但是却许多年没有过这样让人感动落泪的美好之吻……这是发自灵魂深处、饱含爱情的一个吻。

一望无际的绿野,盖博瑞克牵着骏马和自己所爱的女人,走向他付出青春保护过的农庄——他们的家园。他终于将种花养鸟、黄瓜满架的生活带给了他的爱人;她终于得到了能够驯服她的男人,也终于明白,唯有爱,能够驯服她。在一次次的觉醒之后,她终于明白了,什么是爱。

玛亚的深思

1

满足虚荣心和肉欲的关系都没有给芭丝谢芭带来幸福,她真正需要的是什么?

2

值得托付终身的好男人品性该如何界定?

3

女人要怎样避免婚姻变成灾难?

4

影片男女主人公的最终结合都与患难相关……

喝咖啡的权利

《悍妻理论》
导演：雷德克·巴杰加
编剧：雷德克·巴杰加 / 米尔卡·泽拉尼科娃
主演：吉里·巴托斯卡 / 艾丽斯卡·巴尔泽罗瓦 / 塔蒂亚娜·维尔赫莫娃 / 吉里·哈夫尔卡 / 贾科布·科哈克
类型：剧情 / 喜剧 / 冒险
制片国家 / 地区：捷克
语言：捷克语
上映日期：2016
片长：107 分钟

说实话，这部电影里的居家布置、瓷器、餐桌、橱柜、葬礼的服饰对我颇具吸引力，它们真实而别致；还有风景，不壮丽，却清幽宁静……特别是詹和奥尔加夫妻的白屋子。当詹最后一次离家时，奥尔加站在台阶上说："我不会离开这个家。"那是她的真心话，他们的家那么好，她想不明白丈夫为何要离开。

影片中有一组詹牵着狗走在雨夜里的镜头，他拒绝了女摄影师要他住几天的邀请，尽管女摄影师那么善解人意、充满自由的风情，但他不为所动地冒雨离开了。他的狗都想留下，不愿淋雨，但他却毫无留恋地冲进了雨中，雨中的剪影是凄凉的、漂泊的……悍妻的威力在那一刻表达得最为深刻，奥尔加使詹对女性世界完全敬而远之，他要的不是一个新的爱人、新的居所，他要的是他的权利，而那一切，都被奥尔加剥夺了,就在他们美丽的家里。

奥尔加是好人家的女孩,她的母亲精心照顾她的父亲,把大部分时间精力都投放在父亲身上,决定他吃什么、做什么。因此,大学老师奥尔加无比骄傲地说:"我的父亲比男性平均期望寿命高9年。"故事,就是从奥尔加的父亲、詹的岳父的葬礼开始。

詹的岳母一身黑衣从自家庭院里走出来迎接女儿、女婿,看着女婿体贴地伸手扶着自己的女儿下车。她的黑衬衣有花边,尽管是丧服,也很精致。显然这份精致不差分毫地遗传给了女儿奥尔加。当奥尔加看着自己的儿子没按规矩穿着时,完全不顾儿子已婚和在场的儿媳妇,直接把儿子的休闲外套从身上扒了下来……晚餐时,詹的岳母心满意足地说:"我们在一起56年了。"

詹的女婿惊恐地说："56年？！"代代相传的家风，使他面前的火腿面包顷刻化为一盘新鲜蔬菜："吃那个会让你心脏痛。"詹的女儿凛然地说。女婿看看女儿，又看看温馨的大家庭，顺从地啃起了芹菜梗。

原本，詹和女婿一样，对于吃芹菜梗、不能喝咖啡以及岳父不被准许骑自行车、不被准许划船去汉堡等都默默接受，直到他发现岳父最后一个愿望都被岳母不由分说地否决了，他终于向妻子爆发出"你的母亲让他过得生不如死"的愤怒——他的岳父希望死后火化、把骨灰撒入河中，以免将来和妻子合葬在家族墓地里。

"你也有未完成的愿望吗？"奥尔加警觉地问。

"你知道最糟糕的是什么吗？我都不知道我有没有了。如果你把你父亲埋进去，我就会把他挖出来。"詹如此在乎岳父的遗愿是否被遵从，因为这关乎他的权利在这个家里是否还有未来。

奥尔加察觉到了詹的不满，她以为多陪陪他就好了，但那实在是令人窒息的陪伴：什么都由她决定。即使詹再三声明自己不想玩拼字游戏，奥尔加也听而不闻。詹想要的，不过是一些独处的时间，可以自由地选择看什么、去哪里、喝什么。詹是个有思想、有界限的人，他并没有什么胡来的念头，他只是想要活在自由的选择权里。那些微不足道的选择，比如可以喝咖啡，而不总是加蜂蜜的花草茶。为此，詹宁可选择假装老年痴呆去了朋友所在的精神病院，从那里逃到了大自然里。

奥尔加家族的悍妻理论基本大纲大概是这样：我为这个家付

出了一切，我把自己的一生都给了这个家，我让你衣来伸手饭来张口，我这都是为了你好。权利，你从哪里听说的？！

悍妻的家常常一尘不染，衣食住行、爱好、社交都按照可以超过人均期望寿命至少9年的方向执行，执行长是悍妻本人。

奥尔加的风度气质学识都很好，连詹的精神病院病友都说奥尔加是位美丽的女士。詹听了反问他的病友："你觉得她美丽？"那个反问是心寒的。妻子的强势，已经让丈夫感受不到来自女人的吸引力。妻子，有时需要智慧隐藏自己的优秀，有时需要智慧表达自己的优秀。妻子对丈夫和家庭当然无比重要，但这重要来自心甘情愿的付出，而非用付出兑换家人的权利。可惜，直到最后，奥尔加都没有明白詹有权利选择不喝花草茶，詹有权利选择咖啡……詹做过最后的尝试，从精神病院回归家庭生活，但是漂亮整洁的家仿佛没有给他带来感动，他只是无可奈何地放下了背

延伸推荐：
《爱在人间》《小英格兰》《布拉格练习曲》

囊，为自己烧水煮咖啡。旋即，奥尔加就倒掉了他杯中的咖啡。

詹终于在奥尔加眼皮底下明明白白地走了，他没有解释什么，承受了"一切都是他的错"的结论。

可幸的是，詹的女儿终于觉悟了。她接受了父亲的生活方式，赢回了自己的丈夫。他们搂在一起，站在父亲住的船尾，为外公的骨灰终于可以有一半撒在河里举杯……詹真的把岳父挖了出来，实现了岳父的遗愿，也在儿子的要求下留了一半骨灰给岳母埋进墓地。他实在是有商量余地的男人，他只是想要回自己"若有愿望可以实现"的权利，比如喝杯咖啡。

奥尔加仍在讲台上宣读男女寿命研究数据。什么时候，她会开始研究婚姻双方保有自由意志的权利比例，与增加婚姻和寿命的长度之间的关系吗？

玛亚的深思

1
我是否在潜意识里觉得自己就是"正确"的标准，听我的就对了？

2
我是否认识到自己的伴侣是一个独立的人，需要对TA和TA的选择给予尊重？

3
包容不等于沉默、回避和不沟通。

影响我生命的一小时五十五分五十八秒

影响我生命的一小时五十五分五十八秒

《简·爱》
导演：德尔伯特·曼
编剧：杰克·普尔曼/夏洛蒂·勃朗特
主演：乔治·C.斯科特/苏珊娜·约克/伊安·邦纳/杰克·霍金斯/奈里·唐·波特
类型：剧情
制片国家/地区：英国/美国
语言：英语
上映日期：1970
片长：110分钟

在长大成人之前，我总盼望着一件事——人生。

我以为，只有等离开父母之后，"人生"这件事才会出现，竟不知，在我长大之前，浓墨重彩的一笔已落纸如云烟……《简·爱》，就那样刻入我的心魂。14岁的我看见了爱情的模样，也许，当时我盼望的人生，就是一场恋爱，只是不好意思在父母身旁发生。

那年初夏，妈妈带着一个保温杯，牵着我，去小C老师的宿舍看"老片子"。小C老师有个九寸大的黑白电视，是深爱她的在北京的未婚夫买给她的，因为分居两地，担心她寂寞。小C是新分配来的老师，五官文气，戴无色的边框眼镜，两条辫子常放在胸前，喜欢穿格子的确良衬衣，扣子一直扣到锁骨那里。她的黑色带袢布鞋的白色夹边总是雪白的，然而她走路生风，并非小心翼翼，那时我一直想知道她保持白色夹边干净的要诀。小C老师和母亲的密友和玉伯伯[注]是同一个教研组的，因为她是北京人，而和玉伯伯是从燕京大学毕业的，我想是北京这个共同要素把她们联结到一起了吧，她俩是忘年交。

小C老师那时带着她弟弟住在宿舍里，听说她弟弟特别畏惧她，为了考大学跟在姐姐身边读书。我和妈妈进到小C老师的宿舍时，和玉伯伯已经坐在房间唯一的靠背椅上了，她带着自己的大搪瓷杯。逼仄的单身宿舍里两张单人床使空间只剩下不多的余地，书桌上，那台九寸的电视刚结束新闻联播。小C老师热情洋溢地招呼我和妈妈，请我们坐在她的床上。我犹豫着，妈妈说过不要随便坐在别人床上，看到妈妈落座了，我才坐下。这是我参与过的仅有一次和玉伯伯、小C老师和妈妈的聚会，为了看那天中央电视台播放的电影《简·爱》。那晚告辞时，小C老师指着我对她弟弟说："你怎么都没哭？她比你小这么多都哭了。"无辜的弟弟答不出来为什么，和玉伯伯说："哎呀，他是男孩呀。"

不知妈妈那天后悔带我去看《简·爱》没有，因为回家的路上，她反常地没有提问。以往，她都会根据电影内容向我提问。妈妈是在思考我到底该不该在那个年龄为爱情流泪吗？不久我就读了《简·爱》的原著。但是，我仍旧喜欢电影《简·爱》多过小说《简·爱》，那一小时五十五分五十八秒，从那时起，影响了我的一生。之所以这么说，是因为，太多青少年时期的读本带来的影响已经被我淘汰了，但《简·爱》存留了下来。

我所喜欢的电影《简·爱》，准确地说是1970年的这一版。当年，我不知道它并非第一版的电影《简·爱》，也不知道这不会是最后的电影版本，因为，当我看完原著，我觉得1970年的电影《简·爱》是唯一的《简·爱》，它传递出来的信息忠于原著，甚于小说。

那时，我没有和妈妈讨论过《简·爱》，也没有和其他人讨论过《简·爱》，我以为，这样我就可以把《简·爱》收藏起来。直到有一天，我在学校走廊里，听到一个女同学放肆地哼唱着《简·爱》的主题曲，我万分震惊地想：她怎么会唱《简·爱》？她怎么会喜欢《简·爱》？而她还唱得那么准确……我简直有一

种被偷盗了的感觉,要知道《简·爱》的主题曲是1970年这个版本不可超越的因素之一。

简·爱的魅力在于,没有人会把简·爱视为偶像,但是会把简·爱当成自己,因为她不漂亮、不富有、不受宠;这样的女孩很多——不漂亮、不富有、不受宠。一个贫寒孤苦的女孩,就这样丰富了那个年代贫瘠的青春一代。

那时的简·爱,让人不会为自己没有美貌而惋叹。她提醒了不漂亮的女人,其实已然具备收获真爱的前提,因为只有心灵的眼睛才能超越肉眼的吸引……她还激励女人看到自己灵魂的身份,追求内心的高洁,让女人领悟不要以平凡为耻……

简·爱带给我的审美教育是深远的。

"爱小姐,你愿意你也美吗?""花朵才是美的。"这是阿黛尔和简·爱的对白,如针尖试探止水。

"她长得很平常。""我觉得她美。"这是英格拉姆小姐和罗切斯特先生的对白,一闪而过的深刻。

"您以为我穷,不好看,就没有感情吗?如果上帝赐予我财富和美貌,我会让您难以离开我,就像我现在难以离开您。可上帝没有这样做,但我们的灵魂是平等的,仿佛我们已经穿过坟墓,平等地站在上帝面前。"这是简·爱对罗切斯特喷涌而出的爱意,流芳经典的名句,带着创痛的坦白、勇敢的诚挚以及高贵的宣告——"我们的灵魂是平等的"!多年以后,当我站在夏洛蒂·勃朗特的故居里时,我晓得了那段名句的出处——人生而平等。

我深爱《简·爱》的女主角苏珊娜·约克那眉睫之间细腻的颤动。她摆脱了一切对女性性别的卖弄,把精神化的简·爱演绎得真切而又超凡。外表柔弱无奇、内里却强大的矛盾之美,又热烈又纯情。

又过了多少年,当我要设计第一个服装系列时,我不假思索地决定做简·爱系列。尽管电影里简·爱的服装没有超过十套,但是简·爱之美的真谛,是我灵感的盛宴,因这美与视觉无关,它来自简·爱对自己镇定的接纳,来自对生活的不公沉着地应对,是一份隐性的尊贵,又坚强又温柔。这时,我知我终于长大了,我不再收藏简·爱,而是分享简·爱。

当年的小C老师,把弟弟送进了大学后,也结束了与未婚夫相隔两地的日子，回北京结婚了，他们一直都幸福。记得当时学校里有一位俊朗的化学老师，公然单恋她，被我视为电影中的约翰，后来娶了一位长得很像小C老师的妻子，一样的眼镜、一样的辫子、一样的个头儿，就是说话一点不像小C老师，也没有与和玉伯伯成为忘年交……

后来，我又看过无数次的《简·爱》，1970年的版本，我从来没有厌倦过它。在整个中学的岁月里，我每天都保持的习惯就是傍晚的散步，独自，在校园里最僻静的围墙边，眺望远山、夕阳……也许，简·爱在夕阳中与罗切斯特惊悚而又浪漫的

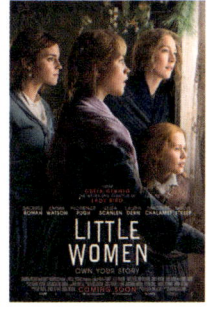

延伸推荐：
《简·爱》（各个版本）
《小妇人》

相遇也影响了我,使我不自知地站在夕阳里眺望自己的人生与爱情……那时我真是爱极了电影《简·爱》的结尾,那种两人明明泪流满面,还克制着狂喜,缓缓地彼此确认,慢慢地靠近对方的结合……我想,在数不清的夕阳下,我已经认定了自己的人生深情款款、结局美好。感谢简·爱。

我也无数次思忖过母亲带我第一次观影《简·爱》后的沉默。我们后来只提及过一次《简·爱》,我记得母亲是这么说的:"要想遇到罗切斯特,得先成为简·爱。"真是人生莫测,母女连心。

注:"和玉伯伯"的称谓,请看《有一条裙子叫天鹅湖》一书中的《爱丽丝的墨水》一文。中国南方有些地区,尊称年龄比自己母亲大的女性为"伯伯"。

玛亚的深思

1
"看什么就是什么"这句话提醒我慎重选择书籍和影片。

2
当人的灵魂被珍视和爱慕,往往会让人发自内心地体会到深沉的爱情。

3
简·爱的坚强、诚实、不苟且,塑造出她的品格和结局。在现代生活中,我认为也是如此。

团圆,与你的人生

戴珍珠项链的格鲁维尔小姐

《自由作家》
导演：理查德·拉·格拉文斯
编剧：理查德·拉·格拉文斯
主演：希拉里·斯万克 / 帕特里克·德姆西 / 斯科特·格伦 / 艾美达·斯丹顿 / 埃普利·L. 埃尔南德斯
类型：剧情 / 传记 / 犯罪
官方网站：http://www.freedomwriters.com/
制片国家 / 地区：美国 / 德国
语言：英语
上映日期：2007
片长：123分钟
又名：街头日记

艾琳·格鲁维尔第一天去上班时，戴着父亲送给她的珍珠项链。那项链显然有一望而知的价值感，她的系主任提醒格鲁维尔小姐不要把项链戴到学校来。可是格鲁维尔的诚意也是货真价实的，她穿着崭新的红色套装，把珍珠衬托得更为夺目，不是为了炫耀项链，而是用最好的装饰来尊荣她的工作。她经过操场、走廊时一直在偷笑，她为自己终于踏上了耕耘之地踌躇满志。这不是一个普通的职业女性，是为了实现自己的发现和理想而来的使者——"我曾经想学法律，但我发现真正的维权应该在教室里。当你在法庭上为孩子辩护时，你已经输了。"系主任老练地微笑着，说："我相信你是思考好了才来的。"艾琳毫不掩饰她的信心："只要我做好本职工作，他们会排着队听我的课。"这句话实现了，不仅有优等生要求转到艾琳的班上来，在学生的呼声里,她还破例成为教高三高四的老师——按资历和规定,她本来只够格教到高二。

格鲁维尔是长滩威尔逊学校203班新来的英文老师,她的学生曾断言:"她大概可以坚持一周。"他们并不打算故意轰走她,他们只是默认了203班是老师和学校的噩梦,而学校也是他们的噩梦,如同他们眼中的城市和监狱。威尔逊学校对他们是放弃的,以往的经验表明,这个班级的孩子不是辍学,就是蹲监狱或者死亡,老师和学生是彼此的过眼云烟……然而,他们判断错了,格鲁维尔小姐陪伴他们直到毕业,203班里很多孩子都成了家里的第一个大学生。

影片结束时,有一张现实中的艾琳·格鲁维尔和曾经的203班学生的合影。我久久地凝视着照片,清晰地辨认出电影故事里

的每一个"原型",沉浸在极深的感动里……

有我这样写影评的吗?一开始就迫不及待地掏出了结局,表明了情感。也许,我下意识地担心人们对这样的故事没有兴趣,因为格鲁维尔和203班一起毕业的过程,是不被信任的,周遭的人都没有耐心和支持。学校的系主任和同事们完全孤立了格鲁维尔,包括她的丈夫思考特,就在203班快升到高三时,提出了离婚。不是因为争吵,他们没时间争吵,格鲁维尔把自己的时间都给了自己的学生,居家的话题都离不开学生。格鲁维尔的丈夫起初对妻子的支持,是基于岳父对妻子的反对,为父的觉得女儿去威尔逊当老师屈才了。

为了给学生们买书、带他们出游、请他们吃饭,格鲁维尔下

班后去兼职卖内衣，周末去万豪酒店当前台服务生……和丈夫的分手之夜，丈夫告诉她生活不是他想要的那种，他只想过没有心理负担的日子、自己的日子，艾琳却洋溢着热情说："我原来也没有想过要这样，但我现在发现了工作的意义……"丈夫说："没有人要求你，他们不是你的孩子。"艾琳吃惊地反问："为什么要有人要求呢？"

他们坐在餐桌前品尝着分手的红酒，在桌面上握住对方的手，但是他们已经无法为彼此陶醉，也抓不到彼此的心了。转眼间，餐桌前剩下格鲁维尔一人……其实，这对夫妻的心灵落差早就随着格鲁维尔对学生的投入显露无遗。做妻子的曾劝丈夫趁年轻把建筑学修完，实现做建筑师的梦想，丈夫说："我的想法不重要，我有想法又不代表能实现。"艾琳吃惊地反问："为什么不能！"是的，格鲁维尔是那种独立思考，然后去践行自己想法的人，她和203班的故事，让人明白她那样的人是少有的、稀缺的。格鲁维尔的父亲说："你知道吗，你为这些学生做的事，我甚至无法用语言来表达，但是有一点是肯定的，你是个令人惊叹的老师、独特的老师，你的使命感与生俱来，我的女儿，我很羡慕这一点。女儿，我也很钦佩你，有几个父亲会跟女儿说这样的话，而且还是真心的？！"真是有其父必有其女，艾琳的父亲绝非平庸之辈，他懂真正的才华和卓越是什么，更难得的是他懂什么是天赋使命。多么可惜，这份可以引以为荣的自豪本来也是属于格鲁维尔的丈夫的，甚憾他无法欣赏妻子最具魅力的那一面。

一学期之后，203班的学生把格鲁维尔称为疯狂的英文老师，也把203班的教室当成了家……这是一个开家长会时没有任何父母光临的班级，这是一群知道到哪里弄得到毒品、中过枪、有人的脚踝还戴着追踪器的、不得不生存在各种帮派里、把自己的生命献给种族帮派斗争的学生。他们把少年的勇猛献给了无望的搏斗，你死我活，是他们的生命信条；但是，艾琳改变了他们。

新学年的第一日，格鲁维尔带着礼物和高脚酒杯等着自己的学生，礼物是每个人拥有四本新书。接受礼物之前，她要求每个人当众举杯宣告自己的未来将不再一样……我在美国逛过书店，书籍在美国是不便宜的消费，正像格鲁维尔丈夫嘲讽的那样，她必须兼两份职才能补贴她做老师所需的消费。以收入与成就成正比的价值观来看，格鲁维尔的付出的确是不可理喻的，但她的价值观是：实现想法就得付出代价；帮助学生，教育才有意义。

艾琳是快乐的，那快乐带来更多的坚定。

"我绝不会像我妈妈那样16岁就生孩子，我会毕业。"

"我绝不会再被人虐待……"

"自从我加入帮派，我妈妈就把我赶出了家，我要让妈妈看到我能毕业。"

……

他们举起了酒杯，宣告生命将发生的改变。他们的要求都那么平常，平常到让人心酸。如果没有格鲁维尔的"疯狂"，正常的生活权利对他们来说都是遥不可及的，而他们不过是十四五岁的少年。

在格鲁维尔的课堂里，203班的学生开始思考生与死以及什么是真正的勇气和英雄；他们开始安静地阅读，在校车上，在手电筒的光束里；他们闻到了老师送的书都是崭新的，不是廉价的施舍……最倔强的伊娃曾讽刺格鲁维尔教的语法毫无用处，因为她一出门就有可能被击毙，但她也开始阅读了，并被《安妮日记》深深吸引……"安妮准备什么时候崩了希特勒？"她靠在教室门口问格鲁维尔。"安妮跟彼得好上了吗？"她的性急好可爱。"你为什么不告诉我安妮被抓住了，我不要这个结局……"伊娃终于跟艾琳开始交谈，虽然谈话风格很虎胆龙威，但她的心终于敞开了……最桀骜的生命，就这样被征服——不是被格鲁维尔，是被

真正的爱感化。心敞开，光就能进去，就能被甘霖滋润。

阅读《安妮日记》，使203班的孩子们看到了比自己更黑暗的命运、无法挣扎的残酷。对安妮的悲悯使他们脱离了自怜和愤怒，他们被安慰、也被激励了，他们不再按肤色给彼此分类，他们明白了人不该有种族的优越感；甚至有人去图书馆查找藏匿安妮的那位正义之人梅普·吉斯，为了能邀请他们心中的英雄来203班，他们努力募捐筹款。环境虽然没有改变，但生命，对这群孩子已不再一样。不一样的方向，不一样的追求，不一样的向往，他们心里充满了盼望，有美事可期待……

白发苍苍的梅普·吉斯终于出现了，她打动了203班所有的孩子，她称自己是普通人，只是做了该做的事，因为那是正确的事。"你们才是英雄，是每一天的英雄，我读了你们的信，艾琳告诉了我你们的经历，我永远不会忘记你们的脸……我们每个人就像一根蜡烛，只要点燃一根，就能照亮黑暗。"梅普的到来改变了伊娃从小接受的价值观——真相不重要，保护自己人才能赢得胜利。她看到梅普是那个冒着生命危险保护异族、保护要被赶尽杀绝的族类的英雄。于是，她冒着死的危险，指证了自己的族人杀人的事实。生死面前她选择了诚实，这正是格鲁维尔的教育中最了不起的部分，虽然她连教高三的资格都没有，但她彻底改变了孩子的内心世界，重塑了他们的判断力和人生观。她把生命的尊严和价值带回了他们的生命里，她使他们有了思考的能力和选择的自由。

在影片里，艾琳曾经在下班后沮丧地取下自己的珍珠项链放回首饰盒，并且哭着说："这跟我想象的差得太远了。"我以为她从此不会再戴那条珍珠项链了，但是她一直戴着，她总是衣着得体、知性端庄，仿佛她教的是淑女绅士家的孩子。她坚持把最好的自己带到学校。老师带给学生的正是老师的影响力，如果她认为那些孩子不值得郑重地对待，她就不会坚持使用那条珍贵的项链了，她总是把最好的带给孩子们、成全他们的改变。最好的是什么？对这群孩子来说，就是真心。在格鲁维尔的真心里他们看到自己是有价值的，因为有人愿意为他们动真格的……格鲁维尔带着自己的学生去旅行，去博物馆，去万豪酒店吃饭，请来"二战"集中营的幸存者与他们共进晚餐，都是格鲁维尔自己付费。看着孩子们享受，她是那么满足欣喜。去爱，并且看到爱带来的改变，其实是人人都可以经历的成就。格鲁维尔没有让自己

延伸推荐：
《讲台深处》《听见天堂》《博士的爱情方程式》

被"噩梦"般的现实影响、改变。她的梦想成真,梦想成真属于不被干扰的坚持……

我久久不愿起身,不愿从这个真实的故事里出来。也许,在那里,我得到了少年时失落的许多渴望,但我也很满足,老去的少年不能再回到学校,但可以努力成为许多少年的格鲁维尔,戴着自己的珍珠项链。

注:片中孩子们参观完大屠杀纪念馆之后,在酒店吃晚餐时遇到的大屠杀幸存者,其扮演者就是在大屠杀之后幸存下来的人们。

> **玛亚的深思**
> 1
> 对于影响他人的生命,我有格鲁维尔小姐这样的热忱吗?
> 2
> 格鲁维尔小姐为了自己的学生遭遇过负面评价、不信任、被孤立、误解,我愿意为了做正确的事而承受这些压力吗?
> 3
> 对待自己的职业,我是仅仅把工作做好,还是有所抱负?

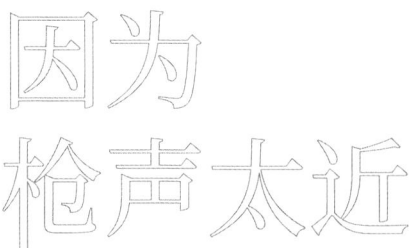

因为枪声太近

《枪声俱乐部》
导演：史蒂文·西尔弗
编剧：史蒂文·西尔弗
主演：瑞恩·菲利普/玛琳·阿克曼/泰勒·克奇/尼尔斯·范亚尔斯费尔德/弗兰克·劳膝巴赫
类型：剧情
制片国家/地区：加拿大/南非
语言：英语
上映日期：2009
片长：107分钟

重温乔向薇芙求婚的那场戏，能给人带来许多安慰。

我真是爱枪声俱乐部里的每一位摄影师，我觉得我是代表人类爱他们，我真的希望他们每一个都能像乔那样被薇芙对待。

场景是这样：那天是肯的葬礼，葬礼之后男人们在酒吧喝酒。有人举杯："敬肯·奥斯特布鲁克。"乔在一旁闷头独饮，这时有过路的人不小心撞了一下他的胳膊，并向他道了歉。乔不依不饶，打了对方，结果被比他壮硕的陌生人打得头破血流……乔去了女朋友薇芙那里，薇芙穿着背心短裤默默地帮乔处理伤口，乔说："美联社前几天说要聘请我，要派我去阿富汗，这就是我一直想要的……"薇芙默默听着。然后，乔侧过头，对她说："你愿意嫁给我吗？"薇芙面不改色地涂着乔的伤口答："好啊。"乔安静了下来。

这是百分百的美人配英雄,我一直认为堪称美人的女人必有如此境界。

"摄影师喝太多酒,疯疯癫癫,经常做坏事。"图片编辑罗冰对身边摄影师的评价并不过分,所以在遇见葛雷格以前她从不跟摄影师约会。当然,她和葛雷格并未善终,理由就是葛雷格摄影时不把人当人。葛雷格听后怒斥罗冰,他们也因此分手。起因来自南非旁同镇图盖拉街的屠杀之后,有人打电话给已获普利策奖的葛雷格,非要跟去的罗冰无法忍受流血事件的冲击,在葛雷格让她打光时哭着跑了。罗冰是个极有天赋的编辑,一流的新闻嗅觉使她能立刻分辨出图片的价值,但她只能在暗房和编辑部发挥才华,她似乎不明白葛雷格冷静地让她把灯光打得更近一些,

就是为了让被拍摄的死亡孩子的爸爸有机会申诉……其实,她在暗房里看到过无数葛雷格的作品都很血腥、残酷,但她只能够在版面上欣赏、布局,却不能接受葛雷格理性地对她说:"你的灯要再朝前一点……"

——"做这种事,必须痛下决心。你必须忘记,不把这些人当人看。"罗冰在回程的车上,尖锐地把她的反感发泄到葛雷格身上,肤浅的正义感总是让人用挑剔他人的反应来表达自己的道义。也许,这样会让自己好受些。

"我不能为他们做什么,除了拍照,我没办法,什么都不能做……那你想要我怎么做,罗冰。"面对罗冰正义凛然的逼视和冷漠,葛雷格问。

"没有。"是的,南非的白人与黑人,黑人与黑人,交织不清的历史和现状,报社任何人都做不了什么……罗冰知道。

"好,那你为什么不滚开让我静一静。"葛雷格终于爆发了,但他只能眼睁睁看着自己的爱情破裂。车窗外,一个母亲牵着孩子路过,让他想到昨夜被屠杀的母子、哭诉的父亲……他的无能为力,难道是他的罪过?!

葛雷格获得普利策奖时,抨击和嘲讽对他的中伤带来的委屈和愤怒,并未得到安抚——黑人同行恨他用黑人的血赚钱,白人同行则说他是走了狗屎运,民族议会党指责他是政府的间谍……就因为他总是勇敢地朝着暴乱的人堆里跑,在被匕首差点砍到脖子的时候眼睛还紧盯着快门、检查光圈,拍下了让世界震惊的惨痛,拍下了人类的彼此残杀……葛雷格是枪声俱乐部里最温和的青年,即使在血流满地的现场,他都会因为挡住了乔的镜头说对不起,他不是容易失控的人,然而,普利策奖带给他的不是荣誉,而是种种压力。

"这就是我们的工作,看着他们死去。"凯文获得普利策奖后这样对葛雷格说,那正是社会和舆论对他的工作评价,就因为他拍出了苏丹的饥饿。没有人站出来向有能力的机构和富可敌国的权贵发问,没有人扪心自问自己能做点什么,人们反而向记录真相的摄影师发出了咄咄逼人的诘问,也许这样可以毫不费力地表明自己的立场……凯文是善良而又敏感的,他接受了根本不应该担负的控告,但他却无力承担。毒品和孤独让年轻的凯文走到了尽头,他在结束生命之前向世界道歉:"真的,真的对不起大家,生活的痛苦远远超过了欢乐的程度。"

这四个年轻人只是报社的摄影师,用良知和职业热忱,冒着生命的危险记录了20世纪90年代南非的悲惨和黑暗,但世界却要他们承受道德和公义的审问,忘了他们的职责只是用镜头报道,他们已经竭力并且超出要求地完成了职责。

这是四个可爱而又宝贵的年轻摄影师。葛雷格第一次巧遇枪声俱乐部是在一场斗殴后的现场,凯文友好地告诉葛雷格:"别用远镜头了,近拍才是王道。"我想那就是枪声俱乐部的名称来历,应该是出自卡帕的名言:"如果你拍得不够好,是因为你靠得不够近。"

那时的凯文朝气蓬勃,还没有被抽动的尸体惊吓过;那时的葛雷格还没有拍过燃烧的人体,还不曾在回忆近在咫尺的谋杀时瑟瑟发抖;天赋和使命感让他们白昼勇猛,但深夜来临却要经历心灵沉到低渊的折磨……谁,负责医治年轻摄影师遭遇人间地狱后留下的抑郁无解呢?他们只能不断地按下快门,置生死于度外。潜意识里,拍摄是他们能为人间惨案递交讼状的唯一方式,他们跟煎熬中的南非人民一样等待和平、等待公义、等待事件解决……肯,他们中最棒的,就那样毫无交代地倒在南非黑人的杀戮战场中;凯文曾经用肯的摄影模式手把手教导葛雷格,让他学习像肯那样从旁切入,用镜头解析整个事件……

枪声俱乐部里的四位年轻摄影师,具备了战地记者所需的水准和勇气，正如乔所言："这里不是摄影俱乐部。"他们不是在玩味摄影，是在为这个世界尽上一份真心。当报社的头儿用"我无法采用，因为读者看到会吃不下早餐"为由拒绝刊登葛雷格深入黑人营地拍到的惨相时，肯直截了当地反抗："你能不能成熟一点？"肯的欣赏使葛雷格入了门，肯丝毫也不排挤早晨还被乔评为菜鸟的葛雷格……

枪声俱乐部最为感人的除了他们的敬业，还有他们彼此的欣赏、不嫉妒。他们会不客气地称彼此拍不好的照片为垃圾，也会激励推举彼此的杰作，并啧啧称奇。菜鸟葛雷格是他们四人中最先获得普利策奖的，他们的兴奋就像人人都得了奖，那是真正心气相合带来的兴奋和欢庆。彼此欣赏与接纳，证明了他们的冒险和志同道合都不是为了名利。

"凯文，要怎样拍出一张伟大的照片呢？"凯文获得普利策奖后电台记者这样采访他。

"我想要成就一张伟大的照片，它要能使人扪心自问，不

延伸推荐：
《多哥》
《缄默的迷宫》

能只是画面壮观。我跟葛雷格的照片都是如此,我们出门,看见不好的事、邪恶的事,你会想尽一份力,而我们做的就是拍一张照片,向大家显现。"凯文认真地回答。

但是记者根本不在听,她接着问:"你知道那个孩子发生了什么事吗?"问完,电台记者露出得意扬扬、有成就感的表情……凯文总是离枪声很近,在飞弹中他没有倒下,但是那次,凯文被问倒了。他不欠世界什么,作为人类的一分子,他献上了自己的本分,但世界却亏欠他一次公正的掌声。真希望凯文喜欢的那位女教师能像薇芙之于乔一样跟凯文好下去,因为凯文是真的喜欢她。

玛亚的深思

1
怎样定义"好人"?我并不会因为《枪声俱乐部》里的那几位年轻摄影师的缺点而全盘否定他们。

2
对于敢发出正直声音的人,我们不应该要求他们必须是完美的,才有资格说话。

3
对于社会现实中的不足,我愿意做一点力所能及的事吗?我愿意支持正在如此做的人吗?

4
我们应肯定他人献出的微薄之力,这样能够鼓励更多的人奉献爱心。

让我们都住这村里吧

让我们都住这村里吧

《我的甜蜜家园》
导演：伊日·门泽尔
编剧：泽坦内科-斯维拉克
主演：亚诺什·巴恩/马里安·洛布道/鲁道夫·霍辛斯基/鲁道夫·霍辛斯基/鲁道夫·赫鲁欣斯基
类型：喜剧
制片国家/地区：捷克斯洛伐克
语言：捷克语/斯洛伐克语
上映日期：1985
片长：98分钟
又名：可爱的小村庄/甜蜜家园

1985年，《我的甜蜜家园》使捷克电影以受人瞩目的精彩回到世界影坛，被第59届奥斯卡提名为最佳外语片。它的导演是2020年9月去世的伊日·门泽尔，编剧则是捷克影坛里有名的"父子兵团"中的爸爸泽坦内科-斯维拉克，他笔下浓浓的父爱无以复加地再次洋溢在影片里，像空气一样被村庄里的每个人呼吸着。

我是如此喜爱这部影片，它使我深刻地体悟——善良，才是喜剧真正的根基。我的每一次笑声都发乎灵魂，存入含泪的感动。它的幽默源于哲意与反思，却取之于琐碎凡俗，可能很多人的生活质量都高于这个村庄，但这个村庄所呈现的格调，太多发达环境却超越不了。

这是一个再寻常不过的小村庄，把人物和故事组织架构起来的是一个弱智的男人欧提克，他无依无靠，独居在父母留下的房屋里，在院子里养着一群鸽子，他的人生由同村的邻舍决定……

负责欧提克饮食服饰和起居卫生的是与他紧邻的邻居老太，十分之能干利落、十分之唠叨。她也负责监督欧提克的道德规范，当她发现欧提克卧室里有一枚发卡时，便命令他跪下，向父母的遗像起誓那发卡不是他藏女人落下的，还要他看着自己的眼睛起誓。欧提克双眼的惶恐使她放下心来，念叨着离开，走之前又嘱咐欧提克要把兔肉和饺子烤热一下再吃……

每天清晨，欧提克会随着一声熟悉的口哨奔出院门，他的职场领袖帕维克来了，他是一位大卡车司机，欧提克是帕维克的助手。他俩在口哨声之后会合，昂首阔步地走向停车场。欧提克不断调整着脚步，让自己的步伐与师傅帕维克的完全一致。如果帕维克是用左手拎包，他绝不会用右手；帕维克的破旧公文包里有个白色盖子的保温瓶，欧提克的公文包里也有个白色盖子的保温瓶，并且像师傅的那样露出瓶盖……

欧提克的休闲娱乐由谢瓦尔秘密地管理着，他常买电影票送给欧提克，为他换上体面的夹克并系上领带，叮嘱欧提克电影的结尾很精彩，一定要看完才回家……因为他要在欧提克家里和自己的情人幽会，他的情人是村主席的秘书、另一个卡车司机图雷克的妻子。

欧提克寡言少语，活得很满足，只要师傅不生他的气，他可以全天喜乐。他满足地啃面包、满足地呆坐在师傅身边；满足于干活，满足于被管束他的村民唠叨。他唯一害怕的就是师傅不要他了,但这件可怕的事还是发生了……因为他的过错,师傅把别人刚立起来的门柱撞断了,帕维克忍无可忍地找到村主席,说这五年他受够了,秋收结束后必须让欧提克去跟从图雷克。

  邻居大妈担心得不行,絮絮叨叨地数落欧提克太不小心,说跟着图雷克将来一定会挨打……帕维克的妻子也劝阻丈夫,说不能让欧提克跟着图雷克。接着从布拉格来了一封奇怪的邀请函,要欧提克去布拉格工作,村主席因此找到帕维克说:"不能让欧提克去布拉格,他会迷路,那里的房子都一模一样,而且他开车会阻碍城市的交通……"这一切让帕维克更生气,因为村主席怀疑是他找人写了那封信。帕维克站在自己的院子里喊冤——"我待他就像儿子,教他拿刀叉、教他洗车……他们竟然怀疑我。"帕维克的家紧挨着墓园,这种居住现象在不少捷克电影里都有表现。也许,这正体现了捷克人对生死的态度。你听,村里的医生对帕维克说:"在墓地旁生活真方便啊……"我笑得差点喷水,心里却深深感叹,生死之隔,是无常、是深渊、是刹那的转换。只有相信永恒的村庄,才不畏惧落户在墓园之旁。村里的葬礼没有乐队,只能靠好嗓子的热心主妇在墓地里唱圣歌告别亡者。主妇们欢欢喜喜在帕维克家彩排,被欧提克弄得心情不好的帕维克更加烦躁不堪:"吃饭都不能安静一下?好像在嚼花圈。"幸亏医生来了,这位村医是抒情大师,开起车来像在公路上写草书,家乡的风景让他百看不厌,出口就是诗,也因此常陷于车祸。"布拉格不到一周就会让欧提克消失……"医生说。原来,他也是为欧提克而来，帕维克终于找到愿意聆听的人，倒完苦水，两人拿出啤酒、香肠，开始享受医生觉得应该纪念的美好一刻——"多美的清风和阳光啊，还有我们的姑娘，西班牙和意大利的姑娘都比不上她们……凡达，你的勤奋让我紧张！"墙那边的墓碑雕刻师傅回答医生："没办法，死人太多，工匠太少。"于是，叮当作响的墓碑艺术家坐在墙头，接过啤酒和香肠，骑在生与死的界线上，和医生、帕维克一起享受着医生认为应该纪念的时刻……

这就是欧提克的村庄，他们认识彼此，了解彼此，没有人说图雷克坏、布拉格不好，他们只是觉得欧提克跟着图雷克会挨打、布拉格没人照顾他，最好还是跟着帕维克……欧提克虽然是个智力不全的孤儿，但是他的村庄却举全村之力保护着他的人生，哪怕他喝啤酒时沾了一嘴的啤酒花，身边的帕维克太太也会麻利地顺手替他抹干净。

我仔细思量着这个村庄的魅力，是因为欧提克吗？也许是，也不全是。如果没有欧提克，村庄的魅力还在吗？我觉得会！比如，照顾欧提克的那位邻居老太，在路上偶遇一位找住处的画家，画家问她："大婶，有住的地方吗？"她不客气地教训画家说："年轻人，男士称呼女士时，要先站起来问候她。"于是画家就站起来说："我祝您早上好，请允许我问您，有住的地方吗？太太。"邻居老太大度精明地说："跟我来吧。"她把画家安排在了欧提克家，这样，被她发现的偷情者就不能去欧提克家破坏村里的纯洁了。她是如此的自信，管理着村里的闲事，影响力能波及整个故事。

跟地球任何地方一样，欧提克的村庄里住满了会犯错的人，但是人们尊重他人的选择，也愿意给他人机会改正。这个村庄没有绝对的权威，如果有，那就是良知和传统！

图雷克的妻子和谢瓦尔偷情的事终于暴露了，他们的作为虽然为人所不齿，但并未阻止他们揭露村主席帮助布拉格开发商调走欧提克，好把他的家园改造成现代娱乐场所存的私心。即使主席说不道德的人没资格指责他,但也丝毫不能拦阻谢瓦尔为欧提克说话。这是令人振奋的一刻,人不再是环境的绝对权威,任何人都能理直气壮地开口维护他人。

医生和卡车司机帕维克是真正调解图雷克和谢瓦尔的人。医生对图雷克说:"你要是再打妻子,就不是我的朋友了。"他对谢瓦尔说:"现在,你要么分手,要么娶她。"然后,他带着谢瓦尔在帕维克的院子里喝啤酒……犯错的人,有机会被教导,在村里仍有一席之地。

帕维克的儿子因为单恋村里的女教师自杀未遂。手忙脚乱中,欧提克已经去了布拉格,在早晨上班的人流里,欧提克看着纷沓的脚步,找不到一个人的步调来跟随,惶惶然中,他突然听到一声熟悉的口哨,他的师傅开着卡车来布拉格接他了……惊喜万分的欧提克像孩子那样笑了,他终于可以回到他可爱的小村庄了。

延伸推荐:
《雪花莲节》《甜蜜的永远》《小森林》(精编版)

欧提克再次安定下来，每天早晨等着师傅的口哨，他就快乐地走出家门，和帕维克开始一天的工作。去过布拉格之后，欧提克再也不会离开他的家园了。

泽坦内科－斯维拉克在《我的甜蜜家园》里出演画家一角，捷克电影深沉的艺术气质，在他的编剧风格里尤为突出。应该说，是从他自身的思想体系和生命观点中渗透出来的，真的假不了。也许，欧提克的村庄并不存在，但是关于这个村庄的理想是真实存在的。有相同理想的人们，应该住在同一个村里，让我们住在这村里吧。

玛亚的深思

1

我的环境中有弱势群体／弱者吗？

2

我的环境中有没有愿意站出来主持公道的人？假如没有，我愿意站出来吗？

3

在人群中，我是带来热情、给予帮助的人，还是淡漠、只顾自家的人？

4

我喜欢跟邻舍打招呼吗？我们彼此关心、帮忙吗？

这是谁的哀歌

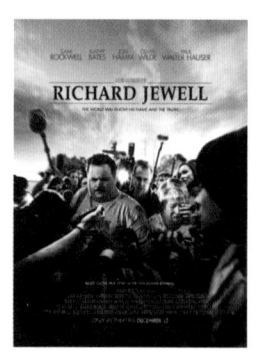

《理查德·朱维尔的哀歌》
导演：克林特·伊斯特伍德
编剧：玛丽·布伦纳/比利·雷
主演：保罗·沃尔特·豪泽/山姆·洛克威尔/凯西·贝茨/奥利维亚·王尔德/乔恩·哈姆
类型：剧情/传记/犯罪
制片国家/地区：美国
语言：英语
上映日期：2019
片长：131分钟

面对一个悲剧，作为电影观众的幸运是身在事外却能观全局，但悲剧绝不是用来欣赏的。90岁的克林特·伊斯特伍德说："理查德·朱维尔是一个英雄，我想讲这个故事已经很多年了，理查德·朱维尔被美国政府和媒体错误地指控了，我想让全世界知道真相……这是一个典型的美国悲剧。"伊斯特伍德毫不含糊的话锋，带着他壮年时出演《不可饶恕》里的古道热肠，我相信他已经让理查德·朱维尔的母亲波比·朱维尔得到了极大的安慰，因为这位老母亲说："这些年我仍未释怀，人们需要知道真相。"

1996年，做保安的美国小伙子理查德·朱维尔，在美国奥运会期间因发现了一个装满炸药的背包，挽救了数百人的性命，但是他却成为被怀疑的犯罪嫌疑人。

理查德有个即兴发挥的特质，也许那是美国梦的价值体系里必然的产物，擅于争取机会，擅于表现自己，为了梦想成真。只是，理查德的梦想散发着火药味，他有热忱的领域是——执法。理查德甚至有执法者的素质，他从小就被教导要尊重当局，他能对老板无意间的愿望忠心耿耿地执行，他勤奋地学习国家法律，他不怕得罪人，他能敏锐准确地学以致用，他的理想是成为一名警察……如果理查德能够在卑微的职位上平庸地工作，不过多发挥，就不会给自己惹麻烦了。但是，没有如果。

其实，面对理查德的即兴发挥，开除理查德的大学校长如果能像律师沃森那样理解他，就不会向FBI举报理查德值得怀疑了。校长看不到理查德为自己卖力工作，骨子里，是他不愿意给予理查德关注。当然，理查德是做得过头了，他最不应该的就是穿着保安的制服，举止却自信得像个真正的警察……其实，他对沃森也做得过多了，他翻看沃森的垃圾，偷听他接电话，还为沃森提前预备了巧克力、胶带、文具……那并不让人舒服，尤其对于讲究隐私的美国人，但是沃森善意地接受了一个胖小伙儿的殷勤，虽然他提醒理查德："不要翻我的垃圾。"他却不恶意解读理查德的讨好。如果，那位打着领结的校长能像慈悲的长者一样教导理查德，给予他智慧的职业带领，并给予他想要的关注，也许，他对理查德的意义会如父如师。

"我看到他获得的关注，是他在这里一直寻求的那种关注。如果他其实不是他们捧成的英雄呢？我有相关的信息，若不揭露……"校长仍旧打着领结，他的话好刺耳啊，他看到了理查德需要关注，但他觉得理查德不应该需要关注。难道，保安就不配得到关注吗？"科利尔先生，你打电话给我们是对的。"FBI 和校长一拍即合，没想到不费吹灰之力就能给政府和民众一个调查结果，一个符合犯罪分子形象的结果。原来 FBI 办案就像舞台剧导演一样，为引爆者形象选角——跟妈妈住的胖子，沮丧的白人，曾经是警官，想做英雄……不需要任何证据，理查德已经符合了罪犯形象。

"有人觉得我们受骗了吗？"亚特兰大《宪法日报》总编紧张地问部下。在他心里，良知微弱的抗争马上就被狂热的女记者粗鲁地消灭了。抢在同行前面发表理查德·朱维尔是引爆者，这

种"独家新闻"成为媒体精神虚假的替代品。女记者在掌声中成了报社的法拉奇。

"汤姆·布罗考为什么那么说你?"理查德的母亲惊恐地盯着电视,她很吃惊自己一生景仰的名人也公开发表不实言论……短暂的三天,为儿子自豪的欣慰就被砸得粉碎。理查德是个孝敬母亲的儿子,母子的家整洁有序,母亲端庄传统、聪明清醒,当联邦调查局要来搜查住所时,她无奈地希望他们能脱鞋。"他们把我的特百惠的盒子都拿走了……"母亲眼泪汪汪地说。一介平民的无助和冤屈,毫无分量地被摊在光天化日中。明明是等待鉴察,给母亲的感受却像等待碾压,这严酷只是因为另一个人的几

句话，就轰然运作到了理查德母亲的面前……"生死在舌头的权利之下"，猜忌和怀疑，有时会将无辜置于死地。

冰雪聪明的娜妮亚，用一口移民英文发出的正直质朴的话，在关键时刻都起了重要作用。作为沃森的秘书，她一开始就展现了一位热辣贤妻的素质，比如在哪里买打折的文具，什么案件非接不可，以及——"在我的家乡，政府若说谁有罪，我们就知道那人是无辜的，这儿不同吗？"她有很好的直觉，一开始她就认定理查德不是引爆者。在影片末尾，我特别开心地看到她和沃森结婚了，生了两个儿子，每周六理查德的母亲会去帮他们看孩子……沃森是那种一到办公室就把一条腿搁到书桌上的男人，他总是很累的样子，但胆量和脑子都特别强大，不管是参议院还是联邦调查局的特工，他都无所畏惧。理查德的母亲对儿子说："你找了正确的律师。"理查德说沃森是唯一不把他当五岁小孩，管他叫零食袋、胖子、米其林人、面团宝贝的人："只有你把我当人看。"是的，沃森第一次见理查德，给他取的绰号是"雷达"，跟体重毫无关系。只有真正优秀的人，才能看到别人的优秀；把人当成有尊严的人看，不会使自己渺小，只会使自己崇高。

"这个孩子被冤枉了，我们得帮他。"这是沃森发自内心的想法。面对疯狂污蔑理查德的世界，沃森的帮助使谎言破产。我激赏他叫女记者从自己车上滚下去的那场戏，丑恶的技法，在正直的人面前就会显得低劣可笑，真是大快人心……他帮助了理查德，也帮助了更多他不知道的人。正如理查德质问FBI的特工肖：

"你觉得下次安保人员在看到可疑包裹时,他或者她还会上报吗?我不觉得。你知道吗,因为他们会看着它然后想,我可不想成为下一个理查德·朱维尔,所以我还是赶紧跑吧。"因为沃森,"下一次",才会有人愿意继续做理查德。

理查德很让我感动的是,当他看到警察苍白着脸从炸药包旁站起来时,他不紧不慢地说:"就像书上说的,如果警察的脸都白了,你就赶紧跑吧。"但理查德没有赶紧跑,他声嘶力竭地劝人逃开,直到爆炸;没有见过比他更适合当警察的人了,无论有没有炸弹,他都乐在其中。

不要因为世界太冷酷,就不相信满腔热情的人,没有他们,不知有多少人会听见自己的哀歌。

人类每一刻的平安,都因为有无数的人在默默地尽忠职守、竭尽本分……我突然理解克林特·伊斯特伍德拍此片的心意,他不过是把他所看到的真相和深思全力以赴地告诸世界,他的良知使他对理查德·朱维尔心存感激也心怀歉意,这本是国家对理查

延伸推荐:
《被告护士》
《窃听风暴》

德的亏欠,但由克林特·伊斯特伍德将这亏欠补上了。他安慰了一位深深受伤的母亲,同时,他也鼓励了所有像理查德·朱维尔这样的人。他讲述这个悲剧是为了杜绝悲剧。面对向陌生人付出关爱和热忱的人,我们理当心存感恩,而不是求全责备。世上没有完美的英雄,我们永远都需要在关键时刻能够勇敢站出来发出警示、有正确举措的人,在那一刻,他就是英雄。面对危险和邪恶,每个人面临的选择机会是一样的。

玛亚的深思

1

假如曾经被严重误解,受冤枉的感觉是否会使我们对人、事、物的真相有更多的了解意愿?是否使我们不再容易随波逐流?

2

如果没有正直律师的帮助,理查德母子将如何度过余生?

3

导演伊斯特伍德拍此片的动机,让我更加明白电影艺术的美好力量……

妈妈，请别这么快失望好吗？

《15点17分，启程巴黎》
导演：克林特·伊斯特伍德
编剧：多萝西·布雷斯考
主演：斯宾塞·斯通 / 安东尼·萨德勒 / 亚力克·斯卡托斯 / 朱迪·格雷尔 / 珍娜·费舍
类型：剧情 / 惊悚 / 历史
制片国家 / 地区：美国
语言：英语 / 法语 / 阿拉伯语 / 德语 / 荷兰语
上映日期：2018
片长：94分钟

这部影片让我吃惊不小。第一次看完我发现导演竟是克林特·伊斯特伍德，这份吃惊应算是惊喜，虽然观影时没品出老牛仔的风味，后来仔细一想，尤其回忆他的《老爷车》，就觉得不必吃惊了……第二次感到大吃一惊的是，里面的三位英雄是真的——电影里的斯宾塞·斯通、安东尼·萨德勒、亚力克·斯卡托斯就是由斯宾塞·斯通、安东尼·萨德勒、亚力克·斯卡托斯演出的。我太吃惊了，太高兴了！我喜欢真实故事改编的电影，没想到这次还由真人演出。这是在我看了两遍电影、预备写影评时发现的。我没有看他人评论的习惯，因为喜欢保护自己的感动，不愿受影响。而这次，是真的想确认一下让我吃惊的资料是否属实。

这部电影得分不高，没有名角，甚至使不少伊斯特伍德的影迷大失所望。我想，那些对此片失望的人，是没有摸到伊斯特伍德的情怀,他们习惯了出手不凡的硬汉作风,却未曾料想伊斯特伍德对英雄极度的呵护之心……想想他对《理查德·朱维尔的哀歌》的深情投入吧,如果伊斯特伍德的影迷不能从一个美国胖子身上发现伊斯特伍德的情怀,那么就更难从《15点17分,启程巴黎》中咀嚼出伊斯特伍德情深意切的英雄关怀……伊斯特伍德一生未发胖,又在电影圈成功至今。无形中,他自己的生平故事也开始使他的影迷对英雄二字的理解有了局限。一部英雄救人于危难的片子,却只用了十几分钟描述列车上的搏斗,难怪他的影迷们表示不理解、不同意,甚至有人说他是否被制片骗了。我又想笑了,不管怎样,影迷是一群可爱的人,比如我。

那么,伊斯特伍德花了大量让他的影迷垂头丧气的篇幅在拍些什么呢?说实话,那些大篇幅表达的,正是此片的魅力和深刻所在,也是触动我极深之处。看第二遍时,我流的泪更多……

斯宾塞和亚力克分别是两个单亲妈妈的儿子,都被老师判断为ADD孩子,即注意力缺乏症患者。原因是斯宾塞的阅读能力比别的孩子差,亚力克则爱看着教室窗外走神。由于他们的母亲都拒绝给儿子服药控制"病情",所以这两个男孩时不时就被罚送至校长办公室。在那里,他们遇到了志同道合的第三个死党安东尼。由于他们的彼此接纳和默契,挨训的校长办公室成了他们甘之如饴的去处。

当然,生活并未因他们的友谊变得晴空万里,他们仍旧要面对母亲的怒吼,而母亲也承受着来自学校的压力和苛责。殊不知,伊斯特伍德在这大段的少年成长史里,揭示了英雄的基因密码和险些被毁的悲哀情节,还有英雄与生俱来的使命感及其神秘性。

一个注意力缺乏症患者,会渴望帮助他人,并对此热情万丈吗?

一个注意力缺乏症患者,能关注朋友的受挫,在乎他人的在乎吗?

斯宾塞曾自荐做学生会主席,自信一定能选上,因为他那么渴望融入集体,可是集体并不接受他。亚力克安慰他:"人生就是这样,不能总是赢,但有我融入你!"

斯宾塞对于服务他人、拯救他人,从小就激情四射;亚力克则对于"二战"的战斗计划有目不转睛的专注力,当老师讲解如何在对的时机作对的选择时,他听得如饥似渴,半秒钟都没看向窗外;而安东尼天生就能分辨什么是不落俗套,所以,只有他能和斯宾塞和亚力克做朋友,欣赏他俩的与众不同……伊斯特伍德

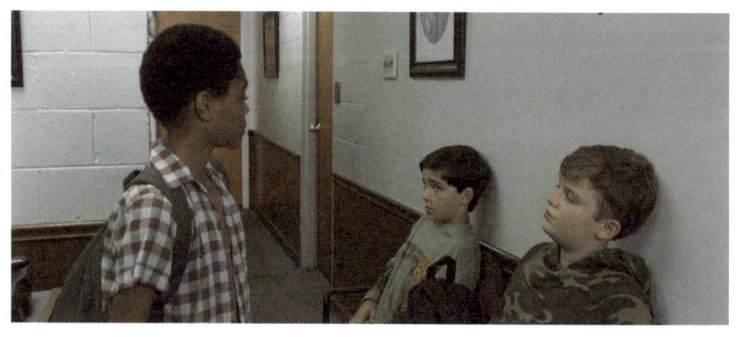

用了三个视角来展示这几个孩子的成长轨迹，一个是来自学校的，一个是来自母亲的，最后，是来自伊斯特伍德自己的。

这三个视角下的孩子分别是这样：

竖子不可教也——学校。

让为母的颜面尽失——母亲。

虽少年，崭然见头角焉——伊斯特伍德。

最让我酸楚的剧情，就是斯宾塞和安东尼闯了祸，把别人家的卫生纸弄得满地都是……放下告状的电话，妈妈冲进斯宾塞的房间怒斥他："你知道吗，我越来越不想进你的房间，你总是让我失望……"斯宾塞满脸的惶恐，唯唯诺诺地道歉："妈妈，对不起……"看到那里，我的泪水夺眶而出，心地多软的孩子啊，也不辩解什么，只是道歉。甩上门的母亲，痛苦地闭上了双眼，她是爱儿子的，但她不懂她的儿子，所以很容易失望。斯宾塞惶惑的表情真让我揪心，但接下来的镜头却令人百感交集，斯宾塞

跪在床边祈祷："……让我成为你的和平使者，何处有恨，我来播撒爱的种子；何处有伤害，我来播撒宽恕的种子；何处有黑暗，我来播撒光明的种子；何处有悲伤，我来播撒欢乐的种子。因为只有通过给予才能收获；通过宽恕，才能得到宽恕……"

十多年后，23岁的斯宾塞浑身是血，坐在巴黎的列车站台上。他的耳畔响起的，正是那天挨骂之后许下的心愿。

这三个要好的孩子，在种种压力之下终于各奔东西。亚力克被送走前，斯宾塞和他面对面站着，像军人一样行军礼告别，我感到他们心碎的声音就在我的心里响着，落了一地……他们被剥夺了不少快乐和权利，唯独梦想，没有被扭曲；热忱，没有被浇灭。也许，那些热乎乎的梦想太让人不屑了吧。

我还在读书的时候，最热衷的就是看小说和逛街买衣服、布料和毛线。那时，我曾大发奇想，对一位想要长大后赚很多钱的女同学说："要是逛街能成为职业该多好。"后来，我发现无论是做时尚主编还是形象设计，都离不开逛街这项基本功。对于练过童子功的我，我的工作无法让我厌倦，那里有我与生俱来的热情……不过，小时候我的学期评语通常都有固定不变的两点：学习不刻苦，要注意坚持艰苦朴素。

我那位想赚很多钱的女同学也如愿以偿。如今她在加拿大，做了五花八门很多种生意。就因为我们对彼此讲过大逆不道的心里话，至今还有来往，也都庆幸我们活在各自的热忱里。当然，这份热忱无法与斯宾塞的救死扶伤相比，但它们都是来自生命的热忱。热忱没有高低，只有真假，热忱是决定人完成使命的要素。几天前，我认识的一位叫小翠的天津妈妈，被老师叫去学校，因为她刚上一年级的儿子整个上午只写出了一个字：6。老师特别抓狂，妈妈问他这是为什么，他说他在想事儿……我看这孩子真像天才，也可能是个斯宾塞。为何要急着让他写很多字呢？如果他有热情想事儿，何不帮助他想？

影片在三个小伙伴分开之后，直接跳到了他们成年的模样，我简直松了一口气。我觉得对他们这样的孩子来说，学校生活是难熬的季节。我自己就从不怀念中学时代，我想他们也一样。看到他们终于长大成人了真好。显然，他们都没有傲人的学业，因为伊斯特伍德未提及。可喜的是，他们仍旧是至交，隐隐约约，伊斯特伍德让你看到他们的心性仍旧像儿时，怀揣梦想……这时，恼人闹心的学校视角和母亲视角都淡出了，不过差点被阴魂不散的校长视角盯了一下，斯宾塞因"深度知觉缺乏"不能进入空军营救队，斯宾塞相当沮丧，他不知道自己其实正在靠近伟大的时刻。最终，他服从了军队的淘汰，去了让他觉得委曲求全的岗位。虽然他还是那个只要在集体中就容易出状况的人，但他还是渐入佳境……于是，影片只剩下伊斯特伍德视角，慢腾腾地推进。这，使伊斯特伍德的不少影迷疑惑不解，他们不懂为何要把三个小伙子游历欧洲的无聊旅程拍那么久？

因为伊斯特伍德很爱他们，仿佛带着某种补偿，充满了爱与欣赏的记录，也充满了爱与欣赏的期待。如果你爱，就会毫不厌烦……从那些旅程里，我感受到伊斯特伍德对他们发自内心的接纳，还有对英雄的挚诚之心。为英雄讲故事，是伊斯特伍德终身不倦的热情和使命。各位看官请注意，那是发生在2015年比利时境内的列车故事，要怎样塑造现代英雄形象？请抛开西部牛仔和警匪片留下的所有经验吧，也请留意斯宾塞站在欧洲烈日下对安东尼说的那句话："你有没有觉得生活正激发你朝某个方向前进，为了更伟大的目标？"虽然安东尼嘲笑了斯宾塞的文绉绉，但他是相信斯宾塞的。伊斯特伍德是个硬汉，硬汉不说废话，所以这部电影没有哪个镜头是应该剪掉的，所有让人感到无聊的描述，是对被无视的英雄的致敬。

在一夜宿醉之后，三个好朋友完全不知道他们的大日子近在眼前。一反英雄事迹之前的铺垫，他们就这么毫无预备地成了英雄。只有照着伊斯特伍德的视线看过去的观众，才能明白：这三个孩子，不是平庸之辈，尽管他们从不被看好，尽管他们很早就被称为失败者。

最后十多分钟的列车搏斗，我只记住了一个镜头，虽然有伊斯特伍德的影迷感到不过瘾，但我记住的那个镜头却百分百地伊斯特伍德！

当斯宾塞发现有人端起步枪走过来时，他从十米外的座位上跑出来，朝着用枪口瞄准他的人奔扑过去，不是一米的距离，是十米。对方已经举起了枪，斯宾塞视若不见地狂奔过去，扑向枪口！扳机叩响的刹那，斯宾塞没有任何躲闪。枪竟然卡壳了，斯宾塞也到了……他被对方割了三刀，两刀在后脑勺，一刀在左手大拇指，几乎被完全削掉了。斯宾塞面不改色地继续扭打，好像没有痛感神经……在制服行凶者之后，他用手按住中弹乘客的动脉直至救援部队赶来，在军队里所学的一切都用上了，在军队里被否定的也用上了。斯宾塞曾被老师称为混蛋，因为在一次"躲到桌子底下去"的指令面前，斯宾塞紧握着一根圆珠笔独自站在教室门口，准备和闯入者决一死战……他对老师说："我不想被家人发现我死的时候躲在桌子底下。"如果他真有注意力缺乏症，可能是他的注意力都用在了自己所热衷的地方，正因如此，他有非凡的勇气扑向有三百发子弹的枪口……在伙伴们的齐心协力之下，他们拯救了整辆列车的人。那十米毫不犹豫的狂奔，在我看来，是斯宾塞的一次穿越，这次穿越结束了二十多年不被肯定、充满责备的遭遇……

伊斯特伍德不是要给我们讲述一辆列车如何得救的故事，他是在提醒我们要懂得保护英雄。同时，也是在警告我们，如果我

延伸推荐：
《特别响，非常近》
《海啸奇迹》

们不懂得保护英雄，那么没有英雄的时代很快就会到来。伊斯特伍德是真爱英雄，也惜英雄。

为母的，请不要动不动就对儿女大失所望。他们被诞生，是为了延续祝福和保护天下的。

当观众，能换个角度看世态与事态，是不被娱乐的幸事。所以，不轻言失望，其实是给他人和自己得胜的选择和机会。

玛亚的深思

1
我能从自己的孩子身上看到别人看不到的宝贵吗？

2
只要孩子听我的话，他就会幸福吗？

3
总是惹麻烦的孩子，内心也拥有美好和理想等待挖掘和发挥。我愿意耐心陪伴并且爱他吗？

让我们都站到特雷弗的窗前来

让我们都站到特雷弗的窗前来

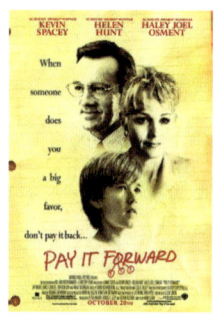

《把爱传下去》
导演：米密·莱德
编剧：莱斯利·迪克逊/凯瑟琳·瑞恩
主演：凯文·史派西/海伦·亨特/海利·乔·奥斯蒙/杰·摩尔/吉姆·卡维泽
类型：剧情/爱情
制片国家/地区：美国
语言：英语
上映日期：2000
片长：123分钟
又名：美好人生/让爱传出去

影片开始的时候，需要有些耐心，因为故事就像一把散沙，每个版块彼此不搭，不知要表达什么。是的，就像真实世界里的人们那样，彼此照面，但互不相干……不过，好电影并不是用观众的耐心来组织故事的，好电影用的是撼动人心的信念，就像《把爱传下去》。

人生也需要耐心，但更需要信念。

当影片结束时，我久久不愿起身，我希望就停在那一刻，不要结束。越来越多的人聚集在特雷弗家外，手执蜡烛；远处还有一束一束的车灯，缓缓地朝这边靠过来，远近一片璀璨……我真希望自己也在其中，和他们一起站在特雷弗的窗前，默默站立，为同一个信念，从特雷弗的生命里诞生的信念。我是如此留念那一刻，我相信人人都会被那一刻紧紧抓住。

特雷弗，酗酒家族的后代，一

个手无寸铁的男孩,一个并不被世界期待什么的孤独男孩……一个让人疼痛又心生敬畏的男孩。

"……不要迟到,他会觉得你不尊重他;他说话时不要插嘴;你不用洗澡,你很好闻,就像玫瑰,只要抹一点这个就好……你不能穿这条裙子,看起来像吸血鬼;你要穿这双凉鞋,你迟到了,你欠他的……我已经帮你叫了出租车。"当特雷弗为母亲的约会操持好一切,目送着母亲坐上出租车时,他欣慰的目光根本不像未成年的儿子,而像一个盼望女儿幸福的父亲……他尽力得让我心口抽痛。然而,不论世界怎样让人大失所望,特雷弗的竭力还是为之理出了一条清晰的线索:"你必须做三件伟大的事,去帮助三个人。"饶恕、慷慨、包容、和好,都成为这条线索里的感动……他选择了身边很难的三个人:酗酒的母亲,挨揍的同学,吸毒的

流浪汉。看起来他给他们的帮助都没有结果,但他的爱却传播得很远……

"我并没有成功,但我妈妈做的事成功了,因为她如此勇敢……能把爱传得这么远,都因为我妈妈,她原谅了我外婆,这对于她很困难,但是她做了伟大的事……"得到特雷弗称赞的母亲泪流满面,她的改变来自儿子的支持和爱。"我只是想看看世界会不会真的改变,好像没有什么效果。我想有些人太害怕了,不敢相信世界可以改变,这世界也不是完全一团糟,我猜对于那些习惯于生活现状的人来说改变真的很难,就算现状很糟,也很难做出改变,于是他们就放弃了,他们一放弃,所有人就失败了……"

虽然特雷弗不认为"把爱传下去"的计划能让自己自豪,却使他的社会学老师西莫奈特先生暗自羞愧,正是他在新学期的社会学课堂上给出了一个开放性作业:"想办法改变世界,并付诸行动。"不过这位资质优异的老师后来表示:"我不是真的希望他们改变世界。"他没有想到心灵纯真的特雷弗不仅付诸行动,还将他也扯到了伟大之中,只是,他退缩了……与特雷弗相比,西莫奈特的付诸行动是那么有限,那么多前提、条件,那么多的不可能,在他的爱里甚至不允许人选择错误……直到,当他坐在学生的座位上,聆听到特雷弗被采访时的话语。在爱的真谛面前,谁是真正的学生呢?在特雷弗的窗前,我学会了三件伟大的事:对让你一再失望的人保持不灭的热忱,饶恕让你深受创痛的情感,对不可爱的人心怀慈悲!

这是能让我们一家三代人坐在一起默然共赏的电影。

我画掉圣诞观影清单上其他三部影片,只留下了《把爱传下

延伸推荐:
《如父如子》
《永不妥协》

去》,因为它以最不完美的故事讲述了爱与牺牲,它带出的内心感动,久久地挥之不去……

假若世界一片漆黑,让我们人人点燃一根蜡烛,献上璀璨,照亮道路!

玛亚的深思

1
当家人不符合我的心意时,我还能继续爱他、激励他吗?

2
我能接纳身边最不讨人喜欢的那个人吗?

3
我愿意去发现"失败者"生命的宝贵吗?我愿意选择三个"问题人物",并为帮助他们付出代价吗?

团圆，与你的人生

团圆，
与你的人生

《鸟人》
导演：亚历杭德罗·冈萨雷斯·伊纳里图
编剧：亚历杭德罗·冈萨雷斯·伊纳里图/尼古拉斯·迦科波恩/亚历山大·迪内拉里斯/阿尔曼多·博
主演：迈克尔·基顿/爱德华·诺顿/艾玛·斯通/扎克·加利凡纳基斯/安德丽娅·赖斯伯勒
类型：剧情/喜剧
制片国家/地区：美国/加拿大
语言：英语
上映日期：2014
片长：119分钟

尽管如此，你是否得到此生所想？

是的。

你想要什么？

能自称被爱之人，能感受人之所爱。

——瑞蒙·卡佛墓志铭

一颗星，粲然……陨落。

在开始，在结尾，一颗星，粲然陨落。

它预示，它哀悼，没有人在意，没有几个人会提及这几秒钟的意义，它奋力燃烧，就好像要我们注意，也像要我们忘记。

这颗星，可以是瑞蒙·卡佛，年过半百就离世的作家，美国的契诃夫。

这颗星，可以是"鸟人"雷根，想用百老汇向艺术、向自己、向瑞蒙·卡佛致敬。

这颗星，可以是任何一位渴求

而不得者……

《鸟人》，演绎这颗星燃烧陨落的过程。

影片快要结束时，雷根躺在他的化妆台上，前妻走进来祝贺他。这个被他伤透了的女人一直爱他，看看她穿着精致的蕾丝小黑裙，盘起了金发，还戴上了珍珠耳环，就像一位感到无比光荣的妻子那样考究。

"外面反应热烈，你真的好棒。你好像异常冷静。"前妻说。

"我是很冷静，我也觉得很棒。"

冷静，出自雷根做好的抉择，就在他孤注一掷想要东山再起的舞台上，他决定以生命演出他自编自导自演的《当我们谈论爱情时我们在谈什么》的最后一幕……

雷根与前妻的对话，是他生命故事的启示之钥。他俩回忆婚

姻中最后一个结婚纪念日,雷根告诉前妻他曾在那一天想把自己淹死……对于彼时被他伤害的前妻之心,是很大的补偿,可惜,是事隔多年之后的忏悔。

"我爱你,还有珊。"

"我知道。"前妻说。

"珊出生时,应该只有我们三个,我应该陪着你们,我错过了这一刻……我甚至没有出席自己的人生,没机会再来一次了。"雷根伤感地说。这是全剧我最喜欢的台词。

然而，雷根又告诉前妻，他坐飞机到纽约来的行程中遇到了大风暴，所有人都在哭泣祷告，他却冷静地想象如果飞机坠落，女儿看到的明日头版头条肯定是乔治·克鲁尼的照片和消息，而不是雷根。因为他看到乔治·克鲁尼坐在他前面两排，戴着一对漂亮的袖扣，下巴坚挺……"你知道法拉佛西和迈克·杰克逊同一天过世吗？"雷根问前妻，意思是，那位曾红极一时的"霹雳娇娃"因为和迈克·杰克逊同一天过世，而没有机会被人追忆。的确，时尚杂志未曾纪念过20世纪70年代最摩登的发型"法拉头"的创始者法拉佛西的去世，但是花很大篇幅纪念迈克·杰克逊的白袜子。

雷根，一边清醒地哀叹后悔自己没有出席自己的人生，没有好好爱惜妻子女儿，一边又为谁应上头版头条的讣告而心怀不平。他的妻女只不过想和他团圆生活，他却坚持认为给予女儿一个上了头版头条的父亲才算好父亲……他就像瑞蒙·卡佛笔下的祈祷者，"时而向上帝祈祷，时而向蛇祈祷"。所以，他像他前妻评价的，"混淆了爱与崇拜"。他像夏纳讥讽的——将名气跟声望相提并论。他还像狄根森·塔碧莎所总结的："你是名人，不是演员。"雷根的心非常向往能像高中时得到瑞蒙·卡佛的鼓励那样"真诚地演出"，但他的灵魂却已经完全被世俗的标准虏获——那正是"鸟人"发出的声音:"来吧,建立一生的财富名声,我们东山再起……看大家的眼神都在发亮,他们喜欢血腥和动作,不喜欢忧郁的哲学。看到没有,重力也抓不到你,你是神……"

异常平静的雷根,就这么走上了舞台,最后一次。他朝着自己的头开了枪,里面飞出一颗真实的子弹……他改编了瑞蒙·卡佛的原著。"这次,看谁能比我更能演!"雷根想。其实,与他抢占头版的夏纳,比他更可怜、更可悲。雷根是个必须有观众才有生命、才真实得起来的人,但至少,雷根有过自己失败的人生;而夏纳,是与人生完全失散的人。好莱坞啊,如果这是你的自省,

我为你流泪；如果这是你的悔改，我为你祈祷——不要再吞没那些追求艺术的朝圣者。

雷根躺在医院里，除了拥有一个新鼻子，还拥有了世界的重新关注，甚至有人为他祈祷，这是怎样的悲哀——连祈祷者也变得如此势利。难道最应该祈祷的，不是醉酒躺在垃圾里的雷根吗？雷根似乎得到了他想要重新拥有的一切，但是他仍旧异常平静……直到女儿拿着一束软绵绵的紫丁香进来。他接过花，女儿无声地趴到他的胸口上。可惜，不到十秒，女儿就起来了。雷根的喉结不能平静地起伏了几下，他的瞳仁在纱布里如真似幻地湿润着……"我已彻底清醒，但是没用。"这一刻，像美而悲悯的诗句。

雷根像瑞蒙·卡佛原著里的前夫那样，朝着自己的头开了枪，没有立刻就死。《鸟人》也像瑞蒙·卡佛的小说，没有结局，迂回，饱含欲言又止的下文，整部电影都充满了瑞蒙·卡佛的文字

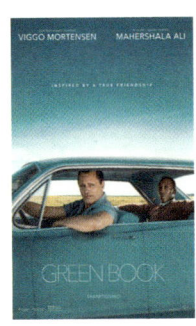

延伸推荐：
《绿皮书》

气息……所以,你看到珊寻找父亲,目光从医院楼底下到窗外的天空里。就像很多次不堪的时刻,雷根都会露一手他魔幻的特异功能,但是你也发现,雷根并没有办法靠那能力活着并且快乐。那魔幻的特异效果,代表他的天赋,代表他的恩赐,代表他过人的真材实料,那又如何?人不靠这些活着,人活着必须与生命团圆,出席自己真实的人生。

我在19岁时迷上一位女诗人的句子:"悲剧,是人类精神的顶峰。"这句话害了我很多年,使我嫌弃父母温馨的家,嫌弃自己没有坎坷的经历……直到我明白:爱,才是人类精神的顶峰!人,无论做什么,内驱动都是为了得到爱,真的就是这么纯洁,真的就是这么可爱。好好出席自己的人生吧,与自己的人生团圆。因为,爱,才是人类精神的顶峰。

玛亚的深思

1
活着如同走上舞台。即使我的演出是本色的,也无法回避观众。那么,我在意观众的反应吗?

2
为他人的眼光而活,是活在一种辖制当中吗?

3
我发现:把掌声和喝彩看成人生价值的唯一体现和满足,有可能走向虚无。

夺冠记忆

《夺冠》
导演：陈可辛
编剧：张冀
主演：巩俐/黄渤/吴刚/彭昱畅/白浪
类型：剧情/运动
制片国家/地区：中国大陆/中国香港
语言：汉语普通话/英语/日语/葡萄牙语
上映日期：2020
片长：135分钟

　　从时光的后视镜里，久久凝望，我清晰地看到了中国女排，在记忆中保存完好。不过，记忆诚实地提醒我，当年我的最爱是杨希，因为她的漂亮像山口百惠。尽管如此，我仍旧能记得为中国夺下三连冠的女排队员的芳名和气质，她们曾深深地吸引着我……

　　20世纪80年代初，有女排赛事的傍晚，只要晚餐的饭桌一收，韶峰牌黑白电视机前的空间就迅速被各式木椅充满，高凳子自觉地摆在后排，都是邻居家的，他们像布置自己家一样，自自在在地调整着看电视的座位……到现在，我仍偏爱可收放的餐桌，因为当时家里的圆餐桌是能把两个半圆收起来的，这样腾出来的空间至少可多加三四个位子。

　　当年父母任教的校园里仅有一套带小院落的教职宿舍，住着物理老师、校医、政工干部、语文老师四户人家，小院落里有九个孩子，一半是六十年代生人，我是语文老师家的。我们共用两个水龙头和两个洗手间，也共用各家开垦的小土地里种出来的青葱和紫苏，谁家煎鱼都会去掐点葱，自家的如果还没长出来，可以去掐邻居家的，掐葱时会喊一声："龙医生，我掐点葱啊。"有葱的会在自家厨房里应着："掐吧，够吗……"爸爸种的品种最多，不仅有洋姜，还有治跌打损伤用的草药，外加一棵年年结果的葡萄树。每年收葡萄时，妈妈都会分出三份，让我用竹簸箕端着一户户去送，告诉我进了门要交给屋子里最年长的那一位，叮嘱我用双手端着递过去……有时，学校里住楼房的老师有谁的脚崴了，或是哪里磕青碰紫了，也会来我们的小院，问爸爸要草药，捣烂敷在患处，听说很快就好，因此我小时候很想试试敷草药的滋味……那些来要过草药的人也会来我们家看女排比赛，他们就不拿椅子来了，因为不住小院的就算是客人。有时人太多，座位不够，他们就挤到电视旁爷爷的单人

床上坐。爷爷平时爱躺着看电视，方便他不小心睡着了。不过为了中国女排他很乐意坐起来贴着墙，腰垫着枕头，一条胳膊搁在脑后，抵着床头的五斗柜……顺便解释下，草药其实是爷爷要种的，他特别相信土里长出来的药。来小院要草药的老师从来不找校医，他们除了草药，还迷信爷爷泡的药酒……这些琐碎的关联，同中国女排一起，在记忆中散发着触摸时的温热。至今，我还记得只要女排比赛进行到最紧张阶段，母亲就起身走去院子里散步，她担心自己的心脏受不了，等打出好结果了父亲再把她叫回座位

上……多年后，我和物理老师家的孩子联系时，他们都说梦见过往场景总是在小院，其中记忆深刻的都有在我家一起看中国女排夺冠的种种细节，尽管高中后我们都搬去了学校的新楼房。

多希望跟小院的邻居们一起看《夺冠》啊。当年宋世雄一开声，先入座的邻居都会大声招呼自家还没到场的家人："开始啦！"晚到的笑嘻嘻地赶进来，端着自己沏好的茶……做中国女排的观众，从不会觉得孤独。

今年中秋前就去了山东婆婆家，海边的乡下，没有电影院，

每晚八九点村里就一片漆黑,我的熬夜恶习不治而愈,只是每天都惦记着回深圳要马上去看《夺冠》。很想多些人一起看,于是邀上另一家人,选了晚餐后的时段,看了《夺冠》,坦白地说,是去看郎平。对我而言中国女排是指第一代中国女排,这些年,郎平已成女排的符号,在我心里她集女排精神于一身。记得几年前和一位老同学谈起郎平时,我很直接地说:"她越来越好看了。"老同学不置可否地看着我、等我解释。那是发乎我心的真实感受,是好多年累积的认知,无法言传。郎平的个人形象扎扎实实地承载了我对中国女排所有的感动……孙晋芳的淳厚可靠、周晓兰的稳当、陈招娣的拼搏无惧、杨希的沉静……仿佛一样不缺地汇聚在郎平的精神气质里。虽然郎平比年轻时体态丰满了,却毫无懈怠后的臃肿,反而显出岁月累积的深沉、矜重;简单的短发蓬松地勾勒出因中年的饱满颧骨不再凸显的柔和;年轻时常半合的嘴,如今总是内敛地紧闭;那副后来戴上的眼镜,诠释出她的精专和文气的女人味……一个青春不再却经得起细品的郎平,一个需要成长过的眼力才看得到的新郎平,未变是真实,因她忠于自己的内心。

是女排,让年少的我直观地体会到个人形象不是扎个辫子,个人形象是由品行和真功夫炼造而成,是源自心灵的事实。第一代中国女排是中国货真价实的明星,她们的成就不会刺激虚荣,也不会挑逗出轻浮,引发的是肃然生敬的那份竭尽全力。我爱竭力二字,因为它包含了忠心和勇敢。

看《夺冠》，心里的眼睛总是掠过巩俐看到郎平的脸与神情，巩俐没演错，虽然在某些说一不二的对白里，还是没剔净演技里的那缕狠劲儿，出不来郎平无雕琢的刚正，但她也竭力了；巩俐有与郎平相似之处，同为六十年代生的中国名人，都站到了国际舞台，都品尝过十几亿同胞的掌声、嘘声、争议、期待、失望、情绪……也许，出演郎平的压力，最适合给巩俐。很欣赏巩俐为了表演在拍摄现场时保持不说话的状态；有些气质，不能演，是活出来的。巩俐片场不说话是在用心酝酿郎平超卓的专注。

郎平的魅力出自她独特的专注力，她的专注之美使她能脱离中年人涣散的疲态，也使她脱离了明星易有的市侩和媚态……郎平那句"我觉得亚军也很好"流露出她倔强的不媚俗，郎平对排球的挚爱与委身，对专业和生命的珍视，使她体悟出"把一场比赛的输赢看得太重是因为内心还不够强大"的道理，这是郎平成熟的生命带给《夺冠》的精髓！找到自己的内心，赢在心里，才是真的胜利。

延伸推荐：
《摔跤吧，爸爸》

我爱郎平,她使我对杨希的爱不失落地存续下来,她使我对中国女排的爱不再是陈年往事……一个比冠军赢得更多的郎平,一个不沿用"忆苦思甜"带新女排、一个帮助年轻人了解生命的郎平;一个身经百战仍可笑得单纯可爱的郎平。她的气韵,从年轻时只见威力的猛将,转化为沉甸甸的智勇。年轻时,她活出了奋力;年长后,她收获了平衡与哲思。所幸的是,这每一季的精粹没有让她沉重,而是使她终于无畏、不惧,游刃在自由的境界。虽然地处险峰,但她随时都能如鹰腾飞。

玛亚的深思

1
女排精神让中国人自豪,那里面涵括了什么呢?

2
如果我是女排教练,最让我享受的和最让我难过的是什么呢?

别停，别快进，Just go！

别停，别快进，
Just go！

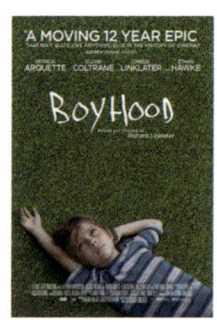

《少年时代》
导演：理查德·林克莱特
编剧：理查德·林克莱特
主演：埃拉·科尔特兰/帕特丽夏·阿奎特/伊桑·霍克/罗蕾莱·林克莱特/史蒂芬·切斯特·普林斯
类型：剧情/家庭
制片国家/地区：美国
语言：英语/西班牙语
上映日期：2014
片长：165分钟

47岁的帕特丽夏·阿奎特身着晚装，戴着老花镜，站在第87届奥斯卡颁奖台上，拿出发言稿，置自己对金像奖的情感于不顾，表情就像1963年8月28日的马丁·路德·金。她说："……这个国家每位纳税人和公民，我们为每个人的平等权利都争取过，现在是我们女性应该同工同酬的时候了，让美国的女性也享受到平等的权利吧！"坐在下面第一排正中的、65岁的梅丽尔·斯特里普挥臂拍掌，高擎右手指着舞台说："Yes！Yes！Yes！"这一刻，是乏善可陈的第87届奥斯卡颁奖典礼中最精彩的瞬间。

帕特丽夏·阿奎特以最佳女配角为《少年时代》拿到奥斯卡唯一的奖项，并且以真人版似的奥利维亚出现在红地毯上——带着女儿、姐姐、哥哥、男朋友走红地毯，一家人就像周六去山姆会员店那样浩荡。跟《少年时代》中少年梅森的妈妈奥利维亚一样，单亲妈妈身份、靠亲友支持走过人生高山低谷，鲜有人提及她是尼古拉斯·凯奇的前妻，从今往后，她的身份是奥斯卡金像奖得主。

帕特丽夏·阿奎特在舞台上领奖的表现，也一如《少年时代》里的奥利维亚，奋力捍卫自己的权利、争取自己的人生。奥利维亚不肯在没准备好就当了母亲的日子里放弃自我，即使孩子已经出生。奥利维亚不肯在有违自己标准的婚姻里妥协，即使孩子们爱爸爸。然而，当她得到了自己认可的丈夫，她也不肯让孩子们受委屈……结婚，离婚。再结婚，再离婚。又结婚，又离婚。百般折腾之中让我们看到：她只接纳让内心有感受的幸福，而不是徒有其表的虚荣。最后，绝不委曲求全的奥利维亚回归单身。比

起那些为明明有问题的婚姻粉饰太平的女性，奥利维亚实在是勇敢诚实地对待生命。每次离婚，她就去读书。读完大学，读硕士；读完硕士，她成为大学老师……自己买好房子，自己养家养孩子……但是，当孩子们都要去读大学了，她不想再做房奴，又一次重新规划生活。

正如影片开始，奥利维亚宣布要搬家是为了让自己有约会的机会，搬到离母亲住处近的地方。不想搬家的孩子们得到的理

由是：你们可以有自己的房间了。12年之后，面临再次搬家时，梅森问："圣诞节时我们住哪里？"因为他们发现他们得像12年前那样姐弟同住一间房了……但是，这个家一直就是妈妈说了算。然而，真正搬家时，奥利维亚发现她再次一无所有。她发现，那两个在她没准备好就来了的孩子走了之后，她仍旧没准备好面对自己的人生："我以为生活还应该有更多，还会有些更好的，现在，我发现我只剩下自己的葬礼了……"她坐在那里，哭了。于是，处变不惊的梅森问过妈妈为何哭之后，平静地说："你怎么把你的人生一下子快进了40年？"这组对白，是全剧最上乘的台词之一。经历12个夏天，导演波澜不惊地记录下因为奥利维亚的满足与不满足制造出来的梅森的少年时代之后，抛出了泪如雨下的反思和令人欣慰的幽默与盼望。

在分分合合的动荡岁月里长大的孩子，被熬炼出沉着应战的顺服。奥利维亚儿女的气质都淡定沉着，需要忍耐和包容的少年时代使他们没有骄娇二气，而且像奥利维亚，能读书。倒是奥利维亚，不及孩子们那么从容明白。

人生不能以停下不干了或者快进的方式自行掌控。想跳过的人生麻烦和障碍，想缺席的人生功课，都会在下一站恭候。

理查德·林克莱特和伊桑·霍克都是在单亲家庭长大的男人，他俩是少年时代的至交，伊桑·霍克出演了理查德·林克莱特的《爱在黎明破晓前》《爱在日落黄昏时》《爱在午夜降临前》三部曲，并且答应理查德·林克莱特如遇不测，他会负责把《少年

时代》拍完。人生有一知己如此，夫复何求！

　　这部电影只在每年暑假期间开拍，等候12年，实际只用了45天。少年梅森的姐姐是理查德·林克莱特的亲生女儿，一部需要12年拍完的电影，女儿曾厌倦过出席这部电影。可憾。她不是没遗传父亲的坚持，只是缺乏父亲的远见。厌倦、指责眼前的人生，谁不会呢？然而，令人羡慕的未来只属于温良对待此刻的人。正如梅森的摄影老师对他说的："你交上来的照片很棒，你看事物的角度真的很独特，有很多天赋，但是，那些东西只能让你在这个古老的世界喝杯咖啡，多年来我已经遇到很多有才华的人，他们中有多少能做到专业——如果没有纪律、责任心和很好的职业道德的话？我可以告诉你，屈指可数，零个。世界充满了太多竞争，有太多有才华的人。他们愿意努力工作，还有很多不才的傻瓜，他们非常愿意超越你，他们很多人现在正坐在教室里，做作业。"我想，这也是理查德·林克莱特自己的座右铭，因为他不仅是导演，还是此片的编剧和制片。世人只说理查德·林克莱特是个还在做梦的老文艺，但又有几个人能如他可以坚持一个梦想、一种风格、终其一生？又有几个人的文艺能坚持正直、有温度的审美？理查德·林克莱特正是有纪律、责任心和职业道德的人。这部电影用最柔顺的方式讲述了非常破碎伤心的岁月，它的普世性是如此温情脉脉。最后，艰难的爱意、忍耐与包容成为理查德·林克莱特的人生哲学，做这样的选择也正出于他自己的纪律、责任心和职业道德。

好莱坞每年都会诞生最佳导演和最佳影片，然而真正的影迷并非奥斯卡获奖名单收藏者。

美国法律规定时效超过七年的合约属于违法，所以理查德·林

延伸推荐：
《那些年，我们一起追的女孩》
《伴我同行》

克莱特不能与《少年时代》的演员签署长达12年的合约,《少年时代》完全是志同道合的产物。没有哪件美好的事不是出于自愿和坚持的。

"如果你要走得快,你就选择独自前往;如果要走得远,就一起向前。"

玛亚的深思

1

面对竞争激烈的世界,我常想起梅森的摄影老师教导他的那番话……

2

婚姻一再失败的妈妈,是否也有可敬之处?

3

影片编导的坚持和影片的成功,给了我们什么提醒和激励呢?

黑玛亚

热爱美的真理,追求将时尚精神化,是中国第一位从美学高度系统阐述时尚的美学家,是拥有国际化视角的形象设计师、服装设计师、品位传播者,是 maia's vogue 的创始人。她以自成一格的原创美学体系和服务精神从事形象设计、品位课堂及 maia's 品牌服饰设计,她也用自己的美学精神来管理品牌公司,并帮助众多爱美人士从内到外成为"最美好的自己"。

曾出版《爱是优雅之门》《每个日子,都有生命的礼物》、形象设计专著《成就最美好的自己》《我的衣橱经典》等时尚类畅销书籍及电影评论随笔集《悲欢有时,唯爱永恒》。

（京）新登字083号

图书在版编目（CIP）数据

悲欢将尽，唯爱永恒 / 黑玛亚著. —北京：中国青年出版社，2021.7
ISBN 978-7-5153-6433-9

Ⅰ.①悲… Ⅱ.①黑… Ⅲ.①随笔－作品集－中国－当代 Ⅳ.①I267.1

中国版本图书馆CIP数据核字（2021）第111449号

责任编辑：彭宇珂
书籍设计：瞿中华

出版发行：中国青年出版社
社　址：北京东四12条21号
邮政编码：100708
网　址：www.cyp.com.cn
编辑部电话：（010）57350504
门市部电话：（010）57350370
印　刷：北京中科印刷有限公司
经　销：新华书店
开　本：787×1092　1/32
印　张：8.25
字　数：180千字
版　次：2021年7月北京第1版
印　次：2021年8月北京第2次印刷
定　价：68.00元

本图书如有印装质量问题，请凭购书发票与质检部联系调换
联系电话：（010）57350337